作家媽媽
20堂漫畫寫作課

段立欣 著

目錄 Contents

第一課

每天與「猴囝仔」鬥智鬥勇

學會觀察細節，從寫日記入手

說起不會寫作文，其實也不全怪曹小孩。

小學一、二年級的時候，曹小孩的「寫作文困難戶」苗頭已初見端倪。

但這件事我和老曹壓根兒就沒在意。儘管他的看圖寫作每次都上句不認識下句，東一榔頭、西一棒子，四處開花，我們仍舊覺得自家的孩子已經養成了閱讀習慣，只要多讀書，以後慢慢就會寫了。

誰知到了三年級，噩夢便開啟了。

曹小孩真正要開始寫一篇完整的作文時，我們才發現一個真理：讀得多，不一定寫得好。

看著曹小孩那些「形似」作文的隻言片

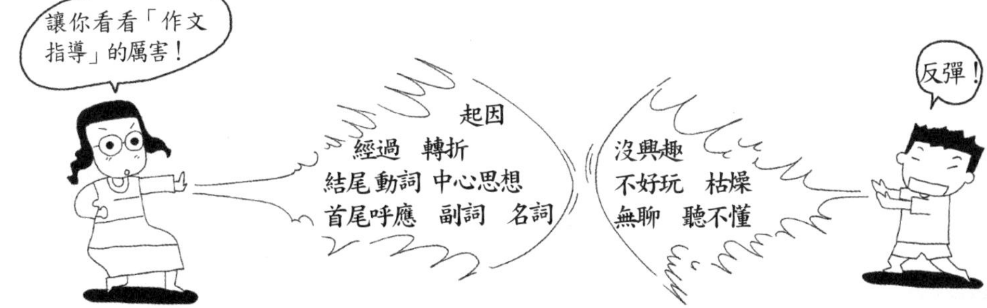
讓你看看「作文指導」的厲害！
起因
經過　轉折
結尾 動詞 中心思想
首尾呼應　副詞　名詞
沒興趣
不好玩　枯燥
無聊　聽不懂
反彈！

語，我匆匆忙忙地把自己二十多年的寫作經驗總結起來，苦口婆心地講給他聽。聽得他是兩眼發直、哈欠連天，開始跟我討價還價了。

下午三點四十分開始講「寫作文的六要素」。

四點吧。

不行，最晚三點五十分開講。

曹小孩怪叫著：「午時已到，拉出午門斬首！」跑掉了！把他一對父母晾在冷風中瑟瑟發抖。

看來，對付腦回路如此清奇的小孩，直接講「水光瀲灩晴方好」美在哪裡，講開頭結尾如何呼應是行不通的。

我和老曹密謀後，覺得需要換種方法滲透，這個方法就是：先化整為零，再偷偷潛入！

看得出，曹小孩對進行完整作文訓練很抵觸，於是我說：「那我們就寫日記，日記可長可短，可甜可鹹。寫片段、寫人物、寫事情，哪怕是一句話，也可以寫出它的精采。」

曹小孩聽勸，並巧妙地抓住了我這句話

我媽媽說日記可以只寫一句話！

的「尾巴」。

這幾天，我和曹小孩雙雙得了流感。他的日記就寫成了這樣：「今天我感冒了，我很難受。」

就一句話？

媽媽，我就是感冒了啊，確實很難受！我都寫了呀，還寫什麼？

你要觀察啊，有很多生病的狀態可以寫。

我不會觀察。

面對曹小孩的正面對抗，我咬緊牙關。於是我不再提日記的事，而是話題一轉，喊道：「老公，我喉嚨痛，好想吃橘子罐頭。」

曹小孩撇撇嘴說：「肉麻！」

老曹果然打開一罐橘子罐頭給我送來。誰讓全家三口病倒兩個，就剩下他一個「好人」了呢！

曹小孩見狀，也大叫起來：「老爸，我頭疼，想閉著眼睛聽故事。」

老曹馬上貢獻出自己的手機，為曹小孩播放有聲書故事。

老公，我頭暈！幫我拿個靠墊。

老爸，我渾身沒力氣，幫我打開電視吧。

老公，我發燒了！

老爸，我咳嗽了！

就這樣，我的老公，才華橫溢、剛正不阿、威風八面的大編劇，淪為我和曹小孩的後勤部長、跑腿小哥、飼養專員和兼職免費護理人員。

曹小孩在毫無察覺的狀態下進入了我的「圈套」。剛才還一口咬定「我不會觀察」的小孩，開始注意到了生病的不同狀態。

不過，老曹這時候有點不開心了。他一把扯下口罩，掐著腰、瞪著眼說：「你們

兩個好像根本沒病得那麼嚴重！」

老曹的無意之舉，幫我「把寫作方法潛移默化融入生活」的計畫又向前推進了一小步。

為了讓曹小孩可以直觀形容生病難受的狀態，我一馬當先，用上了比喻和誇張。

我真的生病了！我一閉上眼睛，整個地球都要顛倒過來了。

我也是，我左邊的鼻孔不通氣，就像一列火車堵在裡面

了。

我的胳膊沒力氣，像軟麵條一樣，連杯子都拿不動。

我的喉嚨又疼又癢，咽口水就像吞刀片一樣，一點胃口都沒有。

要說小孩子的學習能力，真是火箭的速度。我只說了一個例子，曹小孩馬上能掌握方法接下去。同時他也意識到，原來一個感冒有這麼多五花八門的症狀啊！

我倆腦洞大開，盡情放飛想像，都在證明自己病得非常嚴重！直到……直到晚飯的味道飄了過來。

「是馬鈴薯燉牛肉。」我猛然坐起來。

「不對，是豆角燉排骨！好香啊！」曹小孩吸吸鼻子，迫不及待地跑進了廚房。

拿著大鍋鏟的老曹眼中充滿了疑惑：「剛才不是有人的鼻孔裡堵了一列火車嗎？」

曹小孩立刻腦筋急轉彎道：「我還有另一個鼻孔呢。」

那沒有胃口又是怎麼回事？

剛吃了山楂片，開胃了。

見時機成熟，等最後一道菜出鍋時，我偷偷把日記本塞給老曹，和他耳語了一番。老曹翻開本子看了看，故意大驚小怪地問道：「曹小孩，這是你寫的造句？」

「不是造句，是日記！」曹小孩紅著臉搶走了本子說，「您先別看，我還沒寫完呢！」

所以，我說，這對付「猴囝仔」，就得講究方法和策略。

他自己觀察到了很多內容，不用我們催，在晚飯前就流著大鼻涕把日記重寫了。

我感冒了。

病毒這個壞傢伙在我的鼻子裡塞了一個塞子，害得我只能張嘴喘氣。我的頭現在又沉又脹，像裝滿了吸水的海綿。

我病得很嚴重，走起路都搖搖晃晃的，像隻大企鵝，連晚飯都吃不下了。

感冒真難受！明天我不能去上學了，還得休息好幾天。

不錯，比剛才的「造句」精采多了。

才不是造句呢，是日記！吃完飯我還要繼續寫，我一打噴嚏，全身的骨頭都要散架了！

因為得到了老爸的表揚，曹小孩驕傲得一時得意忘形了。

我趁熱打鐵道：「媽媽說的沒錯吧，多觀察，下筆的時候就有很多內容可以寫了。」

「對！」曹小孩點點頭，「下次寫一件難忘的事情，這些生病的觀察還能再用一次。」不得不承認，這算是一個偷懶又觸類旁通的辦法。

吃過晚飯，我和老曹躲在廚房門口嘀嘀咕咕。

「你給他講寫作方法了？」老曹偷偷問我。

我壓低聲音道：「成功植入，他好像還沒發現。」

老曹開心地和我擊掌說：「植入得好，以後就這麼做！今天我洗碗！」

【作文難點】一對一解答

我想玩遊戲，不想寫日記，怎麼辦？

✕ 錯誤回答

我看你更像遊戲！

✓ 正確回答

玩遊戲可以啊，但是有兩個條件。首先要有時間限制，最多四十分鐘。其次，玩完遊戲以後給媽媽講解一下，你玩的是什麼內容。

比如在玩《我的世界》遊戲，他會告訴我，他想要在遊戲裡蓋房子，就要先採集鐵礦石，再從鐵礦石裡冶煉出鐵。在此之前，他一直以為鐵塊是像煤炭一樣，直接從地下挖出來的呢！

這就很好，玩遊戲也會有一點點收穫。

如今的孩子，如果一點電子產品都不讓他們接觸，也不太實際了。就像我們小時候，每個人都玩跳房子、摺紙飛機、打陀螺、《超級瑪麗》和《俄羅斯方塊》。如果一個孩子什麼遊戲都不會玩，就失去了很多和小朋友分享共同話題的機會。

所以，接觸電子產品要適量，明確時間，防止沉迷。家長再進一步利用孩子感興趣的點，和他交流遊戲的內容，這也是一種有效的邏輯思維鍛鍊。

第二課

給你點「顏色」看看

運用顏色，為文章增光添彩

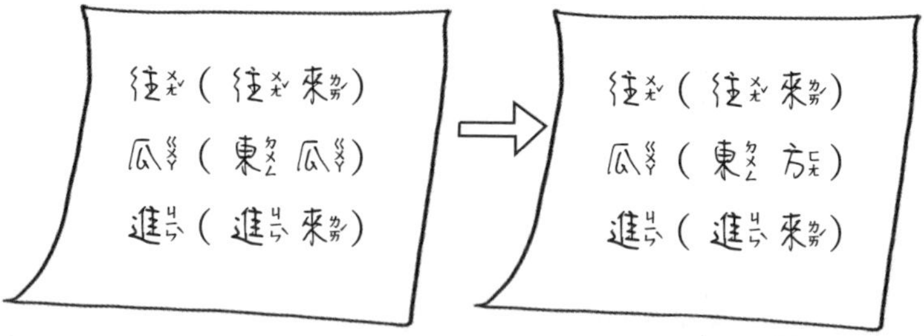

曹小孩有一次在寫作業時，用「瓜」字組詞。第一回合他寫了個「東瓜」。

冬瓜是冬天的冬，不是東西的東！

好的！

曹小孩的態度良好，飛快地進行了第二回合！可是……

這位小哥，你是在用「瓜」字組詞啊！

好的！

第三回合，他想寫南瓜，結果南字還是寫錯了。

被我指出來後，曹小孩覺得南字太難了，就想了個簡單的詞。第四回合乾脆改成了「西瓜」！

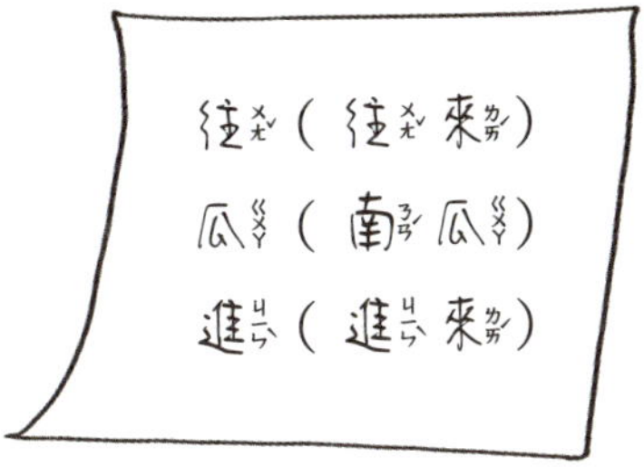
往ㄨㄤˇ（往ㄨㄤˇ來ㄌㄞˊ）
瓜ㄍㄨㄚ（南ㄋㄢˊ瓜ㄍㄨㄚ）
進ㄐㄧㄣˋ（進ㄐㄧㄣˋ來ㄌㄞˊ）

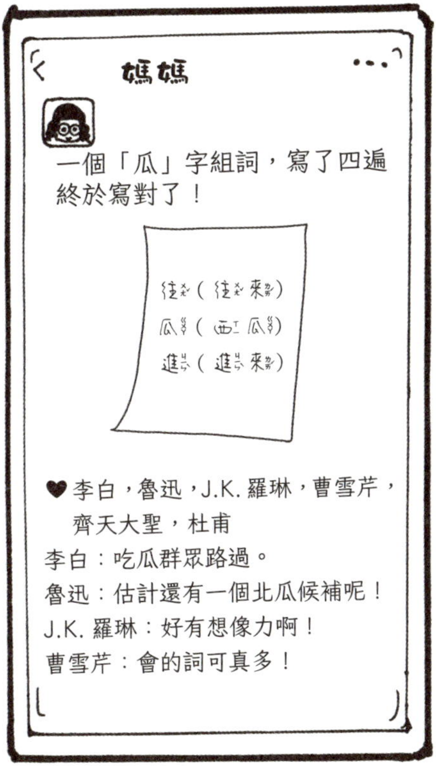
媽媽
一個「瓜」字組詞，寫了四遍終於寫對了！
往ㄨㄤˇ（往ㄨㄤˇ來ㄌㄞˊ）
瓜ㄍㄨㄚ（西ㄒㄧ瓜ㄍㄨㄚ）
進ㄐㄧㄣˋ（進ㄐㄧㄣˋ來ㄌㄞˊ）
李白，魯迅，J.K. 羅琳，曹雪芹，齊天大聖，杜甫
李白：吃瓜群眾路過。
魯迅：估計還有一個北瓜候補呢！
J.K. 羅琳：好有想像力啊！
曹雪芹：會的詞可真多！

都怪我懷孕時寫了《大頭兒子小頭爸爸》動畫片。
慶幸吧，還好那時候寫的不是變形金剛。

看著他快要擦出個大洞的生字本，我頭腦中飛快閃耀著那句流芳百世的「至理名言」：不寫作業母慈子孝，一寫作業雞飛狗跳！

我心裡偷偷盤算著，寫完作業後，特意切開一個冰鎮大西瓜，表面上是表揚曹小孩愛動腦筋，成功完成了今天的組詞作業，其實又暗地裡來給曹小孩講「寫作方法」了！

切開西瓜後，我說：「我們來說西瓜的特點，說一句吃一口。」在曹小孩還沒反應過來的時候，我就搶先道：「這個大西瓜圓圓的。」曹小孩有點傻眼，不甘心地問：

「媽媽您耍賴，西瓜的特點就是圓圓的，都被您說了，我還說什麼？」「圓只是西瓜的特點之一，很多東西都有這個特點啊。」我邊吃著清涼爽口的西瓜邊說：「我也可以說圓圓的皮球、圓圓的湯圓、圓圓的大腦袋。」「不要只盯著圓形，西瓜還有很多特點。」見我吃得香，曹小孩的口水都快流出來了。很快，饞蟲在他小小的腦袋瓜裡挖呀挖呀挖，幫他打開了四通八達的腦回路。

有了，西瓜還有紅紅的西瓜瓤！

正確！可以吃一口！

我大方地給了他一口西瓜，然後自己又吃了一口，說：「西瓜的另一個特點，有著翠綠色的西瓜皮！」

曹小孩不甘示弱，緊隨其後。

西瓜子是黑色的！

沒錯，你發現沒有，想把一個東西寫清楚，讓別人閉著眼睛都能聽明白，「顏色」是非常好的幫手！

接下來，我們就順理成章地開啟了邊啃西瓜邊從家裡找顏色的比賽。和剛才的規定一樣，誰說出一種顏色，就可以吃一口西瓜。

我絕對不穿粉色的拖鞋！

請幫我畫一個五彩斑斕的黑。

曹小孩吃了一口西瓜。

我們家那盆粉色的蝴蝶花很好看，它還有黃色的花蕊。

兩種顏色，我吃了兩口西瓜。

「還能這樣？」曹小孩想了想說，「我用黏土捏了一頭黃色的大象，它的鼻子是紅色的，尾巴是綠色的！」這個「番茄炒雞蛋配蔥花」顏色的大象我見過，當時手工藝課老師還傳來曹小孩上課捏的這個作品照片，說他的想像力太豐富了。也不知道是正話還是反話？

我順手又挖了兩勺西瓜，說：「你看到天邊那美麗的紫色晚霞了嗎？裡面還混合著金色光芒。」

「爸爸養的孔雀魚身上是白色的，尾巴是藍色的。牠們有著粉嘟嘟的小嘴和一雙紅色的眼睛！」曹小孩掌握了找顏色的方法，興高采烈地連吃四口西瓜。

一隻鳥飛過去
長著藍色羽毛的鳥，
飛過一片翠綠色的蘆葦蕩

瞧，這很簡單。學會在描寫中加入顏色，作文就變成了一幅漂亮的畫。當你把這幅用文字組成的「畫面」展現在別人眼前時，大家都會感嘆，真的好生動、好形象啊！對了，有時顏色還能表達情緒，烘托氣氛。於是，我向曹小孩講起了他們不久後要學的一篇課文——朱自清的〈背影〉。

全國人民都認識的爸爸

文章在一開頭時描寫朱自清的父親穿著「黑色的大褂」、「藏藍色的棉袍」，朱自清自己穿的也是一件「醬紫色的毛衣」。這些顏色一度讓氣氛看起來沉重又壓抑。後來，父親在月臺送別朱自清時，為他買回了橘子。那些跳動在眼前的「橘紅色」，似乎為緊張的父子關係帶來了一絲光亮和溫暖。

〈背影〉之所以寫得好，除了作家對父親笨重、日漸蒼老的體態描寫，對主觀情緒的描寫，顏色也出了不少力，幫助整篇文章有了直觀的情緒轉變。

原來不只畫畫需要顏色，作文也需要顏色啊。

曹小孩吃得津津有味，聽得也津津有味。我剛講完這段故事，老曹就從書房走了出來。

他驚訝地說：「你們在吃西瓜，竟然不叫我？」

我和曹小孩對望一眼，剛剛我們好像真的把他遺忘了。

沒忘，沒忘，但這西瓜可不是想吃就能吃的。

對，說一種顏色才能吃一口西瓜！

小兒科！

老曹指著自己的白色襯衫，眉毛像一對不安分的蚯蚓一樣上下扭動著，誇張地說：「我這件三百多塊錢的白襯衫，上面渲染著像海浪一樣驚心動魄的藍色。幽靜中透著神祕，恬靜又彰顯大氣……」為了不讓他繼續說下去，我把剩下的西瓜都給了我親愛的老公。畢竟，曹先生襯衫上的藍顏色和我有那麼一丁點兒關係，不提也罷。

吃完瓜，我看向曹小孩，溫柔地說：「接下來，我們再來複習一下今天的作業，加深印象吧！請問，『冬瓜』到底是哪個『冬』？」曹小孩驚訝極了：「媽媽，您是怎麼繞回來的？」開玩笑！媽媽當然要比小孩多兩把刷子了，要不然怎麼能當媽媽呢！

我媽媽今天又要減肥，她做了營養沙拉，裡面有火紅的小番茄、白色大蝦仁，切開的水煮蛋像金黃色的太陽，還有綠色的青菜和黃瓜。

我和爸爸都覺得這是兔子吃的食物，根本吃不飽，我們就偷偷出去吃了牛肉餡餅。

媽媽知道後，臉都氣紫了，一氣之下她又吃了一大包減肥蕎麥麵。那碗蕎麥麵黑乎乎的，像魔鬼料理一樣，一看就不好吃。

那天曹小孩的日記是這樣寫的。

說實話，我不太滿意這篇日記的內容。

曹小孩把他親愛的作家媽媽寫得像個胖女巫一樣。

更令人氣憤的是，他說對了！

【作文難點】一對一解答

作文怎麼才能寫出美感？

錯誤回答

從書上抄幾句好詞好句就行了！

正確回答

想要寫出的作文有美感，頭腦中就要先有一個美的畫面。這個畫面既有無與倫比的造型，又有動人心扉的色彩。

配合畫面還要有一份美的心態，恬靜、安逸，伴隨美妙的聲音；再加上一個美好的心情，甜蜜如冰糖雪梨湯，動感如枝頭百靈鳥的跳躍。

當你把一切美的東西都想好以後，再積累一些美得令人陶醉的語句、古詩詞，把它們用到作文中去，那麼你的文章就會變得充滿美感了。

第三課

媽媽快要「氣死了」

生動比喻，讓句子更有畫面感

這天，曹小孩放學回家非常沮喪。我問他是因為中午沒吃飽，還是外星人又把他的作業搶走了。他都沒心情和我開玩笑了。

媽媽您別笑，老師都批評我了。

嘿，老師批評你，為什麼不讓我笑？

其實曹小孩根本不知道，老師和家長是一條線繩上的螞蚱，老師早就把他的情況

祕密通知我了。現在，就讓我們一起來看一下案情重播吧。

事情是這樣的，曹小孩上課時注意力總是不集中，手一直在書桌裡摳摳摳。摳完跳繩摳橡皮，摳完橡皮摳本子，甚至把本子摳成了一張一張的小紙條。

老師的原話是：「好像他的書桌裡能摳出一個世界。」

這樣的結果就是，曹小孩只要從書桌裡往外拿文具，橡皮屑、碎紙條、塑膠瓶子、廢紙團就會爭先恐後地掉一地。

因為他的座位周圍像垃圾堆一樣，老師批評了他，不僅讓他清理了書桌和座位周圍的地面，還要把班級的垃圾拿去倒了。我認為老師這樣處理沒什麼問題，但曹小孩覺得很委屈。他說：「媽媽，我很生氣，我又不是故意的。」

我沒有繼續追究垃圾的事，而是話題一轉，開始偷偷地給他講今天的「寫作方法」。

很生氣是多生氣？

非常生氣！

好像不夠生氣，再強烈一點呢？

就是特別生氣！

再加強一點！

我接著問：「那你們老師呢？」

曹小孩一愣，反應了一下才紅著臉說：

「老師？老師也快氣死了。」

我言歸正傳：「你覺得媽媽聽了自己家孩子的書桌像個垃圾箱，還弄了滿地垃圾

的消息後，心情會怎麼樣？」「媽媽也快氣死了！」曹小孩不好意思地笑了。

看來你不管寫誰生氣，大概都是這樣的——

辛苦組裝好的遙控飛機被弄壞了，小明要氣死了！

曹小孩的八個「看拼音寫詞語」錯了五個，爸爸快氣死了！

「有人過馬路不走人行道，交通警察快氣死了！」

「有人亂丟垃圾，環保清潔人員快氣死了！」

「做體操的時候，學生都懶洋洋的，體育老師快氣死了！」

我哈哈大笑著說：「為什麼所有人在你的筆下，終極都是氣死了呢？」

「那還有比氣死了更厲害的生氣嗎？」曹小孩不明白。

於是我開始給他表演生氣的樣子。我柳眉倒豎，杏眼圓睜，鼻孔放大，張開大嘴哇啦哇啦一頓吼。表演的真實程度把正在做飯的老曹都嚇得跑過來，看看到底發生了什麼事！

我朝他擠擠眼睛說：「沒事，演戲呢！」

接著又問曹小孩，剛才我生氣的時候像什麼？「像噴火恐龍。」他實話實說，發揮了兒童的想像。我馬上鼓勵他：「沒錯，媽媽氣得像大恐龍噴火一樣！」

噴火恐龍生氣會發生什麼事？

鼻子裡會冒火！

太好了，這正是我想要的。於是我讓曹小孩把媽媽生氣的狀態連起來說一遍。有

了前面一步步的引導，他說起來就很輕鬆了。

媽媽像噴火恐龍一樣，衝著我大吼大叫，氣得鼻子裡都快冒出火了。

我馬上把曹小孩誇上了天，說他的這句話簡直太好了，太妙了，太厲害了！比媽媽很生氣，媽媽非常生氣，媽媽特別生氣，媽媽快氣死了，要有意思一百倍！什麼叫「非常」呢？「非常」到底是怎樣的程度呢？一句比喻或誇張說法就可以輕鬆搞定。

曹小孩來了興致，自己主動發言。

我可不可以說「老師氣得頭髮都立了起來」？

當然可以，如果頭髮立起來，你覺得像什麼？

像仙人球。

可是仙人球大多是綠色的，也不太像啊？

對待倔強的小孩就要適時學會使用激將法。曹小孩不服氣地說：「我們老師氣得頭髮都立了起來，像黑色的仙人球！」

有想像力的比喻真棒！

這麼簡單的比喻，我還可以說無數個不一樣的生氣！

我告訴這個一誇獎就翹尾巴的小孩，生氣、高興、驕傲、悲傷、沮喪等情緒，如果寫成：傷心死了、高興死了……也會顯得詞語匱乏，單一又無趣。所以，同樣可以用一個有畫面感的比喻句來把這個狀態描述出來。

寫驕傲，我挺胸抬頭，高高地揚起下巴，就像剛獲勝的大公雞一樣！

寫害怕，我的手腳冰涼，渾身抖個不停，那一刻周圍的空氣好像凝固了一樣，我幾乎喘不上氣。

寫緊張，我的心裡咚咚咚地敲著小鼓，緊張讓我滿臉通紅。

你一句，我一句，我們補充來補充去，更多精采的狀態描寫就一個個冒出來了。

那天，曹小孩的日記變成了下面這個樣子。

事實證明，從那以後曹小孩上課偶爾還是會把手伸進書桌裡摳啊摳，摳出一個垃圾堆，摳出整個世界！但因為這件事，他也學會了一點點精采的描寫，這就足夠了。

有本事您上來！
有本事你下來！

今天我不小心把廢紙弄了一地，老師咚咚咚地走到我身邊，像噴火恐龍一樣，氣得鼻子裡都快冒出煙了。

我被老師批評後特別傷心，就像掉進水裡的塑膠袋一樣，軟綿綿地趴在桌子上，無精打采。

下次我一定要把課桌下的抽屜收拾乾淨，再也不弄得一地垃圾了。

有寫比喻句的祕訣嗎？

【作文難點】一對一解答

錯誤回答　你當作文是學武功，還祕訣呢！

正確回答　巧了，寫比喻句還真有祕訣，這個祕訣就是「像……一樣」。這個小竅門就算講給一年級的小朋友聽，他們都可以馬上學會。

我的房間像垃圾場一樣亂。

我的房間像被強盜打劫過一樣亂。

我的房間像被龍捲風席捲過一樣亂。

我的房間像一百頭牛剛剛跑過一樣亂。

接下來你也試試……

我的房間像＿＿＿＿一樣亂。

天邊的晚霞像＿＿＿＿一樣紅。

弟弟像＿＿＿＿一樣機靈。

小明跑得像＿＿＿＿一樣快。

遊樂園門口的隊伍排得像＿＿＿＿一樣長。

第四課

每隻貓都不一樣

發現細節，四種觀察角度來幫忙

曹小孩是個左撇子，吃飯、畫畫、拼樂高都習慣用左手。本來我們沒準備干預，可是上學以後就出了點小問題。拼音經常寫反，b、d不分也就算了，連數字5和3的方向都是反的。至於生字，就更別提了。不得已，我們才要求他用右手寫字，做其他的事情還是可以繼續用左手。畢竟，左右手一起使用，左右腦同步開發，也是不錯的選擇。

因為不習慣用右手，剛開始曹小孩的字寫得特別醜。老師含蓄地說過：「曹小孩的字，略顯張揚。」他那肆意妄為的字體，還曾創造出「日記裡三行四十九個字，老師

一個字都不認識」的奇蹟。我不免感嘆：「當老師也不容易，不僅要教書育人，還要學會破譯密碼。」

於是我和老曹一起召開了第N次家庭教育會議，總結出以下問題：曹小孩的發散思維（擴散性思考）很好，也有想像力，但觀察能力不足。所以，就算照著字帖寫字，還是寫不好。

同類型的東西，或者相近的東西，在他眼中都沒有獨特性。

是啊，這個問題看起來不是什麼大事，可是寫作文的時候就很麻煩了。

因為不會觀察，曹小孩很可能把張三、李四、王二麻子寫成一個樣，他眼中的馴鹿和羊駝大概也是傻傻分不清吧。

我們一致決定，要早下手為強。

那怎麼辦？

得練！

他要是不配合呢？

偷偷讓他練！

曹小孩一直想養一隻小貓，於是，我準備從貓咪下手。

這天放學，曹小孩得知我們終於同意讓他養貓了，興奮得兩眼發光。

太好了，我想要一隻……

等等！因為你平時要上學，媽媽也要負責照顧貓咪，所以選什麼貓，我的意見要占主導！

沒問題，您說了算。

呵呵呵，新鮮的「作文祕方」要來了！
乖乖寵物店歡迎您！

見他這麼大方，看來對貓咪確實是真愛。於是我又說，我喜歡的貓咪已經選好了，就在對面新開的那家寵物店裡，他家有各種各樣的小貓，特別可愛。「那我們快去接牠回家吧。」曹小孩有點迫不及待了。

我找了個理由，接著打出「全家平等，每個人都可以參與意見」的牌，請老曹帶曹小孩去接貓咪。被興奮沖昏了頭腦的曹小孩，順理成章地進入了我布下的局。他根本沒有絲毫懷疑，拉著爸爸就出門了。可是到了寵物店，曹小孩有點犯難，給我打來了電話。

媽媽，這麼多隻貓，我怎麼知道您選的是哪一隻啊？

透過聲音來分辨。我喜歡的小貓叫咪咪，你叫牠，牠會回應，牠的叫聲聽起來軟綿綿的，很溫柔。

曹小孩連忙喊了一聲「咪咪」！沒想到這一叫，十幾隻小貓咪都圍了過來，喵喵喵喵地叫成一片。寵物店的阿姨忍不住笑著說：「小朋友，我們店裡的小貓都叫咪咪。」

曹小孩只好又撥通了我的電話：「媽媽，這些小貓都是同一個名字，牠們叫起來的聲音都很溫柔。」

「沒辦法透過聲音來區分嗎？」我明知故問。

「沒辦法！」曹小孩很肯定。

老曹連忙說：「那就透過顏色來分辨吧，我記得媽媽選的小貓是白色的。」

曹小孩的目光掃過整個寵物店，在他目光所及的範圍內，至少有十隻白貓。我假裝記憶瞬間恢復，提醒他：「對了，我想起來了，那隻小白貓的尾巴和耳朵是黃色的。」有了這個顏色特點，曹小孩只用了幾分鐘時間，就在寵物店裡發現了四隻有著黃尾巴和黃耳朵的白貓。

媽，有四隻黃尾巴白貓。

這麼巧嗎？

是啊，我沒辦法透過顏色區分牠們。

那就看外形吧。我喜歡的那隻小貓特別瘦小，可憐巴巴的，我想要帶回家保護牠。

曹小孩立刻興高采烈地跳起來說：「這就好辦了，我可以在這四隻裡面找身材最瘦小的。」

瞧，把「學習寫作文」設計得像闖關遊戲一樣，充滿驚喜。對比後，四隻貓咪裡面有兩隻小貓的體型差不多。曹小孩再一次給我打來了電話：「媽媽，有兩隻都很瘦小，哪一隻才是啊？你要不要來看一看？」

當然，這個請求仍舊被我拒絕了！

那怎麼辦？現在聲音、顏色和外形都分辨不出來，我不知道您喜歡哪隻小貓。

夥伴們，快來抓
流星許願！

我選的那隻小貓啊，動作特別靈活，跑起來像飛一樣。

老曹從寵物店員工那裡借來了一支小鐳射筆，塞給曹小孩說：「試試看，二選一，很容易！」曹小孩從小就知道鐳射筆照人的眼睛很危險，於是他朝著地面按下了開關。一束紅絲線似的鐳射立刻筆直地射了出去，米粒一樣大的紅色鐳射點在地面上歡快地跳來跳去。

只見備選小貓中的一隻就像「貼地飛行」一樣衝了過來，上躥下跳，左衝右突，一副「小樣，我就不信抓不住你」的架勢。

「好活潑啊！」曹小孩開心極了，在電話

你好像並沒有
問我的意見！

裡向我彙報：「媽媽，我終於找到您選的那隻貓了，我和爸爸都很喜歡！」

就這樣，我們家的第一隻小貓被接回家了。回家以後，我用一句話總結了曹小孩今天的「找貓」大行動！

你可以透過觀察聲音、顏色、形態、動作四個方面，把這隻貓從十幾隻貓中找出來，簡直太厲害了！

媽媽，您小瞧我，都四個提示了，誰還找不到啊！

所以寫人、寫物也可以從這四個方面出發，就像古人寫的詩句一樣：梅子金黃，杏子肥。麥花雪白，菜花稀。

我知道，前面用了顏色，後面用了形態！

沒錯！

您在給我上寫作課？

沒有啊，我在幫你挑選小貓。

不管曹小孩有沒有發覺，他今天的日記還真用到了這四個觀察要素。

爸爸、媽媽給我買了一隻小貓，牠和寵物店別的小貓都不一樣。我給牠起名為疙瘩。

疙瘩是個小女生，叫起來的聲音特別甜美，牠身上的毛白白的，但是尾巴和耳朵是黃色的，還有一對橘色的大眼睛。

疙瘩比別的貓都活潑。我用逗貓棒和牠玩，牠高興地上躥下跳，還會在空中翻跟斗。媽媽買了好多貓罐頭和貓糧，我們要一起把疙瘩餵得胖胖的。

我終於有貓咪了，我好開心。

因為有了一隻貓咪，後來我家又來了一隻貓咪和牠作伴，後來是五隻。

再後來，我們家一共有了七隻貓……牠們占領了我家的冰箱、炒鍋、烤爐、椅子、床鋪以及飯桌……真可謂貓之大，一鍋燉不下；毛之厚，關進冰箱都不怕啊！

儘管這樣，我們全家還是很愛牠們。

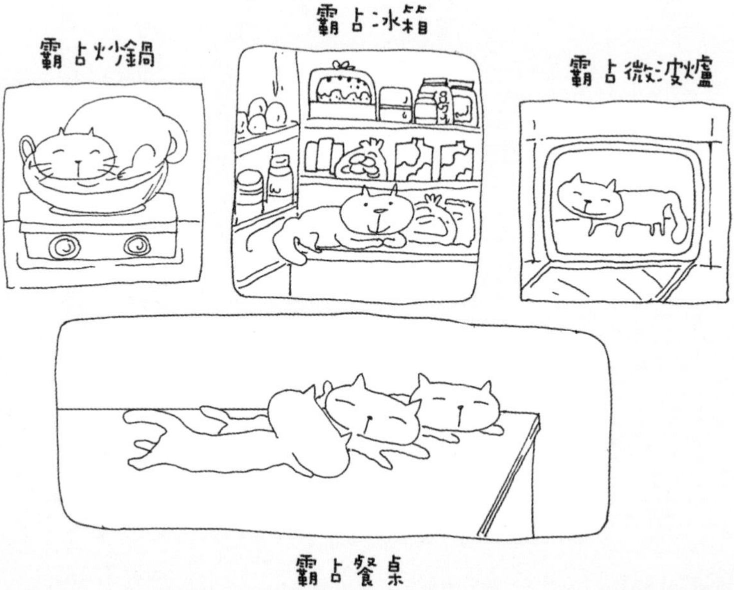

【作文難點〉一對一解答】

我不知道日記寫些什麼？

錯誤回答　那就瞎編一篇。

正確回答　編一篇日記也不是不可以，但因為日記不是創作童話，一般都是發生在自己身邊現實生活中的事情。用虛構形式寫日記，小學生很容易寫得缺乏邏輯，出現錯誤。

如果不虛構，今天又實在沒有什麼事情可寫，怎麼辦呢？那就回憶一下自己從小到大的每一天吧！

好玩事、倒楣事、開心事、煩心事、驚喜的事、委屈的事……等等等等各種事。不回想不知道，你會發現，原來成長的道路中，發生過很多事情。

隨便從「回憶長河」中撈起一條「事件小魚」，把它的來龍去脈寫清晰，感受寫明白，就是一篇珍貴的紀念成長日記了！

第五課

貓和冰箱有什麼關係？

尋找相同點，展開聯想全靠它

興趣廣泛的曹小孩，從小不用我們張羅，自己就要求報了一大堆興趣才藝班，美術、街舞、爵士鼓、圍棋、程式設計、練功夫！其實我要說的是美術，我和老曹一致認為曹小孩在這方面但凡有點天賦，也不至於這麼沒有天賦。

比如下面這張——

我一度以為他畫的是一個張著大嘴的骷髏，或者是名畫臨摹。事實證明，是我膚淺了。

就連擅長鼓勵教育的老曹看過之後都說：「貓頭鷹？好，好，好！以後可以畫得再明顯一點。」

當然，我們不是那種以「畫得像才是好作

品」為標準的家長。也可以欣賞畢卡索、達利、梵谷偉大的作品。我糾結的點在於，曹小孩這個畫啥啥不像的解題思路，問題到底出在哪裡？經過我和老曹的再次分析，最後得出了這樣的結論。

曹小孩不會臨摹，應該是不善於抓取物體的特點。那怎麼辦？

沒關係，用生活中的常見物品就可以訓練。

於是，新一輪的「寫作方法滲透計畫」又出現了。

週末上午，我說我要寫一篇童話，叫「想當冰箱的貓」。曹小孩很好奇。

為什麼這隻貓想當冰箱？牠不是應該想當老虎嗎？

貓想當老虎是慣性思維，我的貓就想當冰箱！

而且，冰箱和貓有很多相同點，貓當冰箱非常合適。

不可能，冰箱是電器，貓是動物，怎麼會有相同點？

瞧，這就是一個喜歡程式設計的「理工男孩」最直接的想法。其實，很多想像力沒有展開的孩子，第一個想法也是這樣的。我提議來一輪比賽，誰說出一個「貓和冰箱」的共同點，就贏得五分鐘的看電視時間。這個提議激

我的夢想
我的夢想是當老虎！
我的夢想是當冰箱！

發了曹小孩的鬥志，他還特地拉來爸爸當裁判。老曹拿出早已準備好的白板，說他一定會公平公正地做好記錄。

可是比賽開始後，曹小孩絞盡腦汁也想不出「貓和冰箱有什麼相同點」。我決定先給他起個頭，幫他推開發散思維的窗子。

我說：「它們最直觀的相同點就是，貓和冰箱都有尾巴。」

「這樣也行？」曹小孩恍然大悟，「我知道了，冰箱的尾巴就是它的電線。」

「沒錯，這不就是它們的相同點嗎？」老曹說著，把這個相同點寫在白板上，還給我加了五分鐘。

一個提示立刻讓曹小孩打開了思路。孩子的思維就是這麼奇妙，你只需要輕輕一點，他就豁然開朗了。所以，有時候我們大人覺得這麼簡單的東西，小孩子為什麼不會？可能就是缺少這個小小的「一指禪」。接下來，我們的比賽立刻從冷場直接躍入了白熱化階段。

貓和冰箱都有頭。

貓和冰箱都有身子！

貓和冰箱都有四條腿。

貓和冰箱都有嘴巴。

我故意問他：「冰箱哪裡有嘴巴啊？」曹小孩跑到冰箱邊，一把拉開冰箱門說：

「瞧，冰箱張嘴了，可以往它的嘴巴裡面放吃的啦！」老曹認真地把我們說過的「相同點」都記在白板上，比賽繼續進行。

貓和冰箱都有顏色。

貓和冰箱都有肚子！對了，肚子裡面還都能裝食物。

爸爸一下子給了我加了十分鐘看電視時間，曹小孩急了。「我想到了！貓和冰箱都會生病，冰箱如果生病了，還會像貓貓一樣尿尿，這也是兩個相同點！」

「為什麼？」我和老曹一起問道。

「因為冰箱壞了啊！裡面的冰淇淋和冷凍魚、肉全化了，流了一地水。」

雖然這個關注點很奇葩，但「尋找相同點」的方法成功打開了曹小孩的任督二脈，接下來就沒有我們什麼事了。

他說冰箱和貓都有血液，冰箱的冷凝液或者電流就是它的血液。

他說冰箱和貓都會叫，冰箱啟動的時候會嗡嗡叫。

他說冰箱和貓都有眼睛，晚上都會放光。冰箱的眼睛就是它的顯示燈。

他說冰箱和貓都有內臟，都有皮膚，都有……

眼看著曹小孩贏得的看電視時間已經超過了一小時，我連忙宣布：「比賽結束！」這時候，他指著白板上滿滿的字，提了一個問題：「媽媽，我們找到這麼多相同點，有什麼用呢？」

我順著他的話題說：「有用啊，把兩樣看起來不相干，但是又有相同點的東西聯繫在一起，就是展開聯想寫比喻句的一種方式。」比如我想形容同桌同學的臉很圓，就可以是「我同學的臉像蘋果一樣圓」。

蘋果和臉，乍一聽沒關係，但它們又有一個相同點，是什麼？

圓！

曹小孩感覺自己解鎖了一項新技能，一口氣說了十幾個比喻句。

如果我是他的同學，聽他說「我同學的臉像足球一樣圓」，我可能會氣得暈過去。

雖然有些比喻可能不太貼切，但這個問題可以慢慢練習，學會方法就是第一階段的勝利。

尋找兩件物品的相同點寫比喻句，就只能寫人嗎？

不光是寫人、寫物、寫景、寫心情，只要是用到比喻句的地方，都可以這樣來聯想。

經過我和老曹的簡單引導，曹小孩今天的日記又有了一點點進步……

今天我和媽媽做了一個小遊戲，我贏了。我的心情特別好，就像夏天吃了一個雙層冰淇淋，就像期末考試得了100分，就像可以和凝凝（鄰居小朋友）連線玩《我的世界》一樣好！

因為今天我可以看一小時的電視，看什麼也由我自己選擇。爸爸還給我們用微波爐做了爆米花！劈里啪啦，我的心裡樂開花。

其實很多孩子都和曹小孩一樣，在學校學習過什麼是比喻句，考試時也能從例文中找出比喻句；但自己寫作文的時候，就想不出要怎麼寫比喻句了。

現在學會了這個「找兩樣看起來沒關係，但是又有相同點的物品或事情聯繫在一起」的方法，你就可以把比喻句用起來了。

謝謝媽媽！媽媽最好了！媽媽胖胖的，最可愛了，擁抱起來像棉花糖一樣；您笑起來很漂亮，像盛開的牡丹花；您特別大方，心胸像大海一樣寬廣。

於是，那個週末，我把自己贏得的三十分鐘看電視時間，全部送給了他。

【作文難點】一對一解答

錯誤回答

那你寫一件驚天動地的大事件！

正確回答

不一定是驚心動魄、聲勢浩大的事情才能寫得足夠精采，一件小事也可以寫出有趣、精采的情節，只要你學會一個詞：波折。

波折是什麼？就像畫出的一條波浪線一樣曲曲折折。

起因是A，結局是B，如果一條直線走過去，不太精采。但如果在AB之間設計出一波三折的情節呢？這篇文章是不是就豐富多彩了。

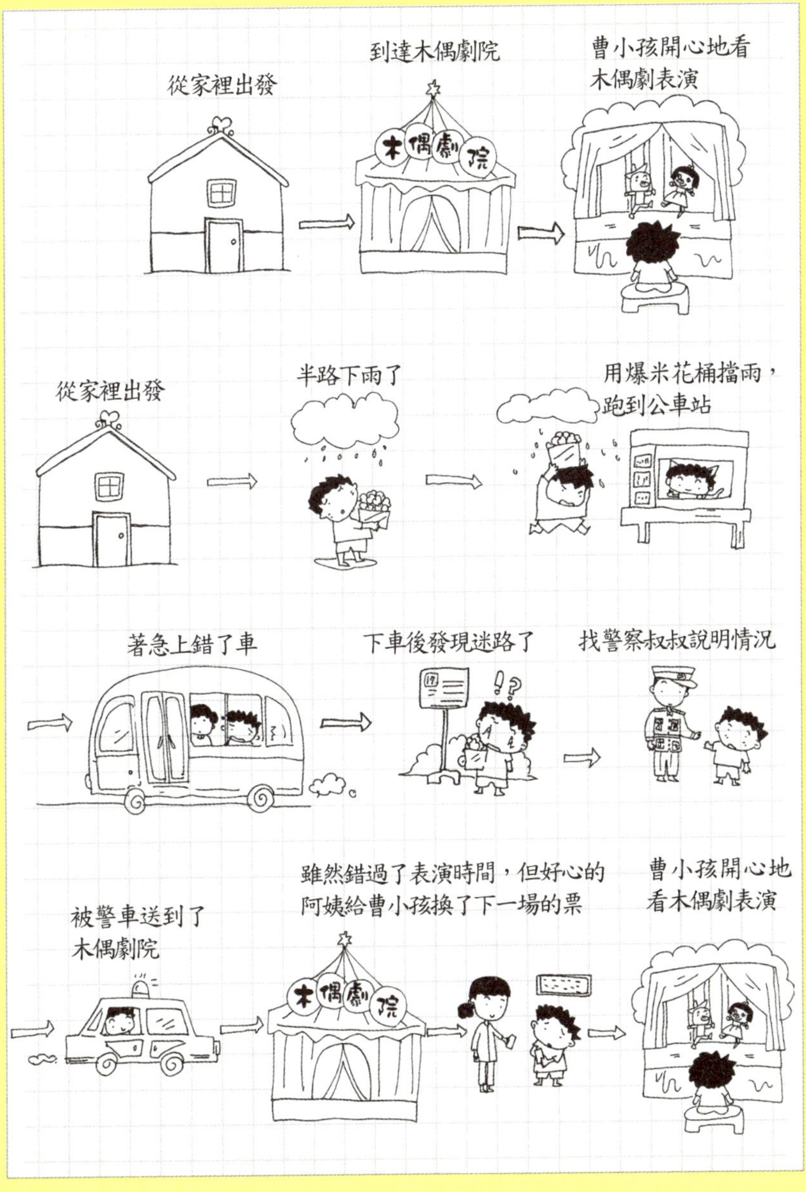
從家裡出發
到達木偶劇院
木偶劇院
曹小孩開心地看
木偶劇表演
從家裡出發
半路下雨了
用爆米花桶擋雨，
跑到公車站
著急上錯了車
下車後發現迷路了
找警察叔叔說明情況
被警車送到了
木偶劇院
雖然錯過了表演時間，但好心的
阿姨給曹小孩換了下一場的票
木偶劇院
曹小孩開心地
看木偶劇表演

第六課

題好文一半

動詞和定語，讓題目「活」起來

每天曹小孩放學回家，我都會樂此不疲地問他：「你今天在學校開不開心呀？有什麼高興的事和不高興的事和媽媽分享嗎？」他幾乎每次說到的都是吃。高興的事是：「今天中午吃了炸醬麵。」不高興的事是：「剛吃了一碗，麵就沒了。我只能用滷肉醬拌了碗白飯吃。」

第二天我再問他……

今天學校有什麼高興事和不高興的事？

今天我們中午吃了……

第三天……

今天你在學校有什麼高興事和不高興的事？

我們中午吃了……

有一天，我實在忍不住了，問他：「這位小孩，請問你去學校就是為了吃這頓午飯的吧？」

曹小孩想了想，說：「那倒也不是，我們學校發的點心也不錯。」

好吧，既然這麼愛吃，那就別浪費了這

你吃不完魚柳嗎？我幫你吃。
你不愛喝牛奶嗎？我幫你喝。
助人為樂
好孩子

顆喜愛美食的心，我要想辦法把它用到實處。於是趁著週末，老曹指導曹小孩學做了可樂雞翅，我們全家還一起包了包子。曹小孩突發奇想，把一個砂糖橘剝了皮放進包子裡。結果蒸的時間太長，砂糖橘爆炸了，整個包子都變成了橙色。

這麼好的寫作素材，可不能丟掉！

本以為今天的日記會寫得一帆風順，畢竟，今天做飯的素材是一抓一大把、一挖一麻袋。沒想到猴囝仔就是猴囝仔，一不小心我又被他算計了。曹小孩寫的雖然是做飯，但不是他自己學做飯的事，而是寫我做飯的事情。當他拿著日記本聲情並茂地大聲朗讀著〈我的媽媽〉時，我頓時崩潰了。

計畫失敗！那麼精采的全家一起包包子的素材，根本沒用上！「不行，我需要扳回一局！」我咬牙切齒地想，「我要利用檢查日記的機會，偷偷融入一些寫作文的方法。」

你的日記為什麼會有題目？

正好我們老師留的作文是寫一個人，我就日記、作文算一篇了。

作文、日記算一篇文章沒問題，但我覺得你可以換個題目。

我寫的是您做黑暗料理的事情，總不能改成「我的爸爸」吧？

看來他還是沒明白，我要說的是，在非命題作文的前提下，盡量取一個精采的作文題目。俗話說得好：題好文一半，講的就是有一個好的題目，相當於文章成功了一半。為了更加直觀，我還找來了我和曹小孩都喜歡看的幾本童書：《晴天有時下豬》、《永遠講不完的故事》、《小鯉魚跳龍門》。

相比〈我的媽媽〉，這些書名是不是更生動？

哎呀，真是不比不知道，一比

嚇一跳，我的作文名字好像太隨意了。

你也可以把題目取得有意思一些。

可是我最不擅長取名字了。

記得我們家剛開始養貓的時候，我和老曹把給貓咪取名字的重任交給了曹小孩。我們從筆劃到寓意、從典故到詩詞歌賦給他提供了不少參考，最後他取的名字是這樣的。

我告訴曹小孩，可以把題目取名看作「畫龍點睛」，先畫完龍，最後點睛。「明白！先寫文，後取名！」曹小孩說：「可是題目就這麼幾個字，怎麼才能取得有意思呢？」

潦草的愛

「媽媽告訴你一個小竅門，這可是家傳祕笈，外人我都不會說的。」我在他耳邊神祕兮兮地傳授道：「想要題目有意思，可以在題目裡加一個動詞。」

所以，《小鯉魚跳龍門》裡的動詞是哪個？

跳！

如果我把這個動詞換掉，變成《小鯉魚的龍門》呢？

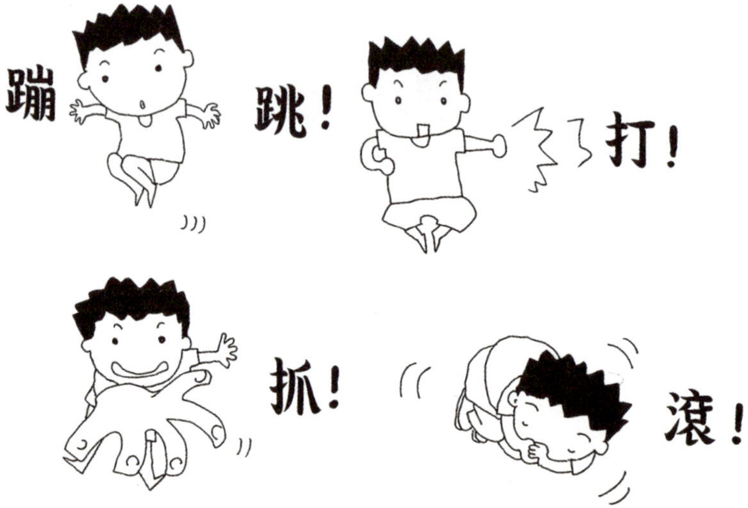

有點無趣。

不可否認，一個「跳」字，讓整個題目都活了起來。曹小孩得了我的真傳，立刻把他的文章題目改了！

老曹看到這個題目啞然失笑，即興作詩一首：問君能有幾多愁，恰似一講作文就上頭！〈媽媽做飯〉這個題目確實還是差點意思，我不得不又拿出了給作文取名的第二招。

除了使用動詞，我的第二個祕笈是：想要名字精采，還可以在名詞前面加一個定語。

什麼是定語？

我告訴曹小孩，名詞、形容詞、數量詞都可以做定語。為了便於理解，我製作了一大把小紙條，在紙條上寫出各種定語，和曹小孩玩起了抽籤遊戲。

遊戲規則：用抽出的定語和「媽媽」這個名詞進行搭配。

〈我定住了做飯的媽媽〉

瘋狂的媽媽

倒楣的媽媽

這樣搭配出的題目確實很生動，但好像有點不可靠。我寫的「叱吒風雲」、「博學睿智」、「美麗大方」一個都沒抽出來。此時此刻，連曹小孩的臉上都是一副「老媽你到底行不行，不行我教你」的神情了。

我告訴他說：「讓題目變精采有很多種方法，要找到合適的方法來對症下藥！前兩個方法不合適，媽媽還有第三個祕笈——把你寫的這件事情的重點找出來，放在題目中。」曹小孩說他明白了，於是他用第三種方法，為自己這篇日記兼作文換了一個題目。

老媽的黑暗料理

我媽媽是個作家，她寫了很多故事。喵卷卷來了，西北風燉豆腐，熊貓太空人上了天……但她不會做飯。

她烤的蛋糕又黑又扁，我以為是一盤子鞋墊；她做的雞翅表面金黃，裡面還有紅色的血絲。今天早上我被「爆炸聲」嚇醒了，那是我媽媽忘記了自己在煮雞蛋，鍋裡的水燒乾了，雞蛋爆炸了。

爸爸一批評她，她還生氣，氣得臉紅脖子紫。

我媽媽可真不虛心。

雖然這篇作文內容過於真實，惹得我一肚子氣，但至少曹小孩知道要怎麼取一個生動的題目了！這就是進步！

【作文難點】一對一解答

怎麼寫「有意義的一天」？

錯誤回答　不管寫什麼事，後面都加上一句：這真是有意義的一天。

正確回答　並不是所有的事情後面都適合加「這真是有意義的一天」。如果今天過得很倒楣呢？如果是好朋友轉學這種難過的事呢？

結婚紀念日

兒童節禮物

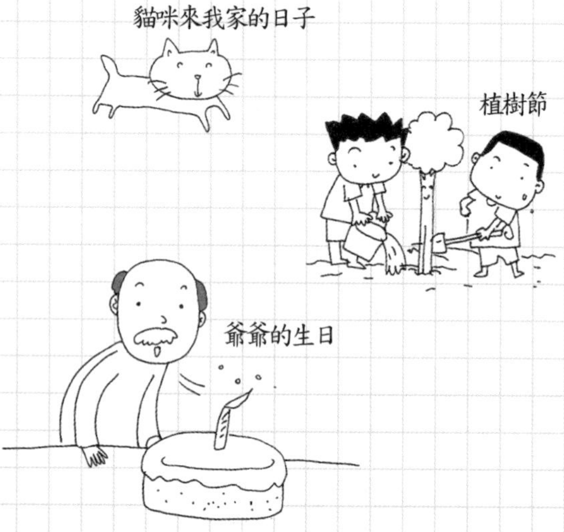
貓咪來我家的日子
植樹節
爺爺的生日

所以，你寫的這件事一定要真的有意義。想不出來怎麼辦？

那就寫個最簡單的，選擇一個有意義的節日或者紀念日。

在有特殊意義的一天裡，發生了什麼有意義的事情呢？把事情和所思所想寫下來就好了。

一定要記住，「有意義」不是簡單的三個字，更重要的是用事件展示出這一天的意義。

第七課

「紅圈圈」很重要

審題畫重點，明確中心不跑偏

曹小孩的腦子轉得快，語言表達能力強，見人就說「您」，情商特別高！如果非要說點不足，那就是協調能力不怎麼樣。所以，曹小孩不太喜歡戶外運動，基本上和我們夫妻倆一樣，就願意宅在家裡。

可想而知，這樣的小孩，體育成績令人堪憂。有一次放學回家，曹小孩臉上黑一道白一道的，一看就是哭過。原來，那天他們學校體育測驗使用了先進的機器測量方式。曹小孩測試過後，他說自己明明做了二十二個仰臥起坐，但機器只記錄了十二個。

曹小孩不服氣，請體育老師幫忙調出了監控。體育老師看著影片畫面說：「測試之前我已

經強調了，坐起來時額頭觸碰膝蓋，躺下時肩膀要碰到墊子，這樣機器才會認定這是一個完整的仰臥起坐。」曹小孩這下傻眼了，因為動作不夠標準，機器無法識別，所以他的仰臥起坐成績被判定為不及格。

沒辦法，誰讓你不聽老師說話呢！

我聽了啊。老師說時間只有一分鐘，說不要亂動機器，說聽到「嘀」的一聲就開始，說大家要加油！

看來這次曹小孩哭鼻子的重點就在於：沒抓住老師說的重點！

這讓我想起不久前，曹小孩在作文裡用了一個網路上的「梗」，被我狠狠地批評了一頓。

寫作文盡量不要用網路語言。

為什麼？

很多網路語言是胡亂編造出的詞，也過於口語。

但是很好玩啊。

好玩也是短暫的，很快就過時了。

不過話說回來，現在的孩子每天接觸大量令人眼花撩亂的網路資源和資訊，讓他們分辨哪些可以用，哪些不能用，確實是個難點。所以，我

決定教會曹小孩在寫作文之前，圈出有用的重點！

剛好那天他們留了作文作業，要求是根據〈果園機器人〉這篇例文，寫一篇描述可以幫助人類做事情的智慧型機器人的作文。

「你想寫什麼機器人？」我問他。

曹小孩這時候已經忘記自己的體育測試很差這件事了。他手舞足蹈地說：「我要寫一個能幫我寫作業的機器人！」他為這個「寫作業機器人」設置了各種功能，甚至連寫什麼程式、用什麼積體電路都想好了。

我不免感嘆，這篇作文要是寫出來，中

心思想絕對跑偏。為了不打擊曹小孩的積極性，我讓曹小孩先寫其他的作業，好好想想，最後再寫作文。趁曹小孩寫數學的時候，我把他今天的作文要求，拆分成詞語，寫成一張張小紙條放進幸運餅乾中。這種半成品的幸運餅乾製作方法相當簡單，只要把紙條塞進去，把兩半餅乾對齊合起來，再放入烤箱加熱十分鐘就搞定。

畢竟，經歷過幾次跟著烹飪影片秤重、和麵、打發雞蛋，一看就會、一做就廢的慘痛失敗經驗後，我現在不會再挑戰自己的廚藝了。

一切按照我的計畫穩步地進行著，不久，我那帶有「餡料」的幸運餅乾就出爐了。

曹小孩開心地看著一盤香噴噴、熱騰騰的餅乾，迫不及待地掰開一個，裡面出現的紙條是：機器人。

太好了，第一塊餅乾你就能確定今天作文的內容了。

沒有幸運餅乾提醒，我也知道今天要寫機器人啊。

接下來，我們又從餅乾裡拿出了「幫助」、「做事」、「人類」、「輔助」、「智能」等詞語。

你們作文裡要求這個機器人是幹什麼的？

幫助人類做事情。

「幫助」，這個詞請拿好！「輔助」和「幫助」屬於同類型詞語，都給你。

我說著，把「幫助」、「輔助」放在了他面前。「這個機器人當然愈智能愈好。」曹小孩把「智能」也拿了過去。這時候我話鋒一轉，問道：「如果讓你幫助別人做事，你會做什麼？」

替換成機器人，那就是幫忙

整理體育用品的機器人、幫忙照顧貓咪的機器人、幫老人提菜籃的機器人、幫我們洗車的機器人。

這些都挺好，但我想的「寫作業機器人」也不賴！

這時候，我掰開的餅乾裡恰好出現了「代替」這個詞。

「代替」這個詞，你需要嗎？

替我們吃飯
替我們洗澡
替我們玩遊戲

代替？

機器人可以代替人類做一些事情。

好像不太對。

為什麼？

如果它代替我們做事，那慢慢發展下去，我們人類什麼都不會做了，機器人就要完全代替人類了。

有這個可能！所以，「幫助」和「代替」這兩個紙條，你到底要哪個？

幫助！

我點點頭，拿來曹小孩的語文書，把他留下來的詞語都用紅筆圈上了紅圈。

所以，在審題階段，需要從作文的要求裡圈出重點詞、關鍵字，這樣就不會把文章寫得偏離軌道了。

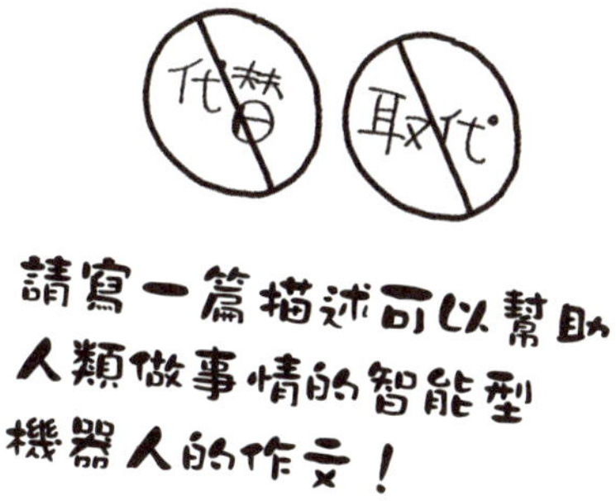
代替
取代
請寫一篇描述可以幫助人類做事情的智能型機器人的作文！

還好您提醒我，如果沒有紅圈，我的作文就白寫了！

幫你寫作業的機器人不是也挺好嗎？

不好，我們不需要機器人代替我們寫作業和學習，因為人類不想被取代！

見曹小孩思路清晰了，我格外驕傲。這種講作文的方法，「猴囝仔」不僅不抵觸，還很感謝我。很快，他就一鼓作氣完成了課後要求的作文。

淘汰選手

替人寫作文的機器人
替人吃飯的機器人
替人做仰臥起坐的機器人

敬業的護理機器人

在未來，有一種護理機器人，它們被安放在大大小小的醫院中。

這款護理機器人的型號是A120。它們可以播放舒緩的音樂，幫助重病的老人翻身，扶他們去廁所，還會按時給病人打針、送藥。

根據醫生的需要，護理機器人會把病人推到診室門口、化驗室門口。更智能的護理機器人，甚至可以輔助醫生做手術。

這就是我發明的機器人，希望它們能幫助到更多病人。

雖然這篇作文的字數不太多，但因為圈出了重點詞，曹小孩的寫作中心是正確的。

一週後，他放學回來開心地對我說：「媽媽，今天有一個好消息，一個壞消息，您想先聽哪一個？」

先聽好消息吧。

我在學校機器人小組製作的「護理機器人」模型，在程式設計比賽中得了二等獎。

這麼厲害！恭喜！恭喜！那壞消息呢？

壞消息是剛發的獎狀被我弄丟了！

【作文難點〉一對一解答】

寫作文可以寫煩惱的事嗎？

錯誤回答 小小年紀有什麼煩惱，寫點開心事！

正確回答 煩惱可以寫，煩惱主題不一定就是「負面」的主題，煩惱就像一個小怪獸，我們不怕它，就能打敗它！

可以寫的煩惱很多，但不管寫什麼樣的煩惱，作文後半段最好寫出一個解決煩惱的合理辦法，這就是運用了一種常見的寫作手法，叫作「先抑後揚」。

所以，煩惱主題的作文也可以積極向上、充滿陽光！

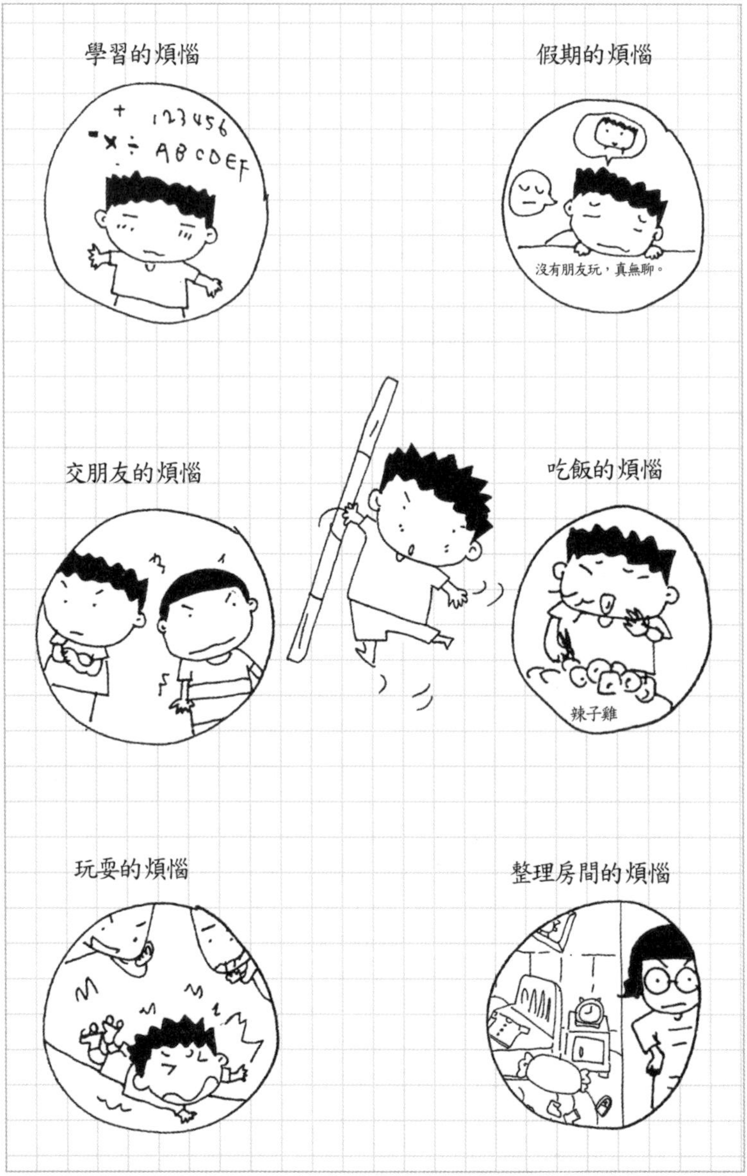
學習的煩惱
+ 123456
-×÷ ABCDEF
假期的煩惱
沒有朋友玩，真無聊。
交朋友的煩惱
吃飯的煩惱
辣子雞
玩耍的煩惱
整理房間的煩惱

第八課

鼻子、眼睛、嘴，一起來幫忙

五覺寫作法，屢試不爽小祕笈

曹小孩看書，主打就是一個「快」！這種一週一本的閱讀習慣，讓曹小孩的知識面變得很廣，思維也非常活躍。但是一說到書中的描寫、修辭，他立刻就像硬碟被格式化了一樣，腦子完全被清空了。

於是，我決定給他講一下「文章中細節的重要性」。

那天放學，語文老師單獨把我叫到校門口的另一邊，小聲說：「今天有兩節作文課，曹小孩的作文本上連一個字都沒寫。」

我有點難為情，其實我很想和老師說：「雖然老鼠的兒子會打洞，但作家的兒子不一定會寫作文。」

告別了老師後，我帶著曹小孩一起走回家。十分鐘的回家路，今天變得格外漫長。路上，我裝作若無其事的樣子問道：「曹小孩，兩節課時間不夠寫一篇作文嗎？」曹小孩搖搖頭，又點點頭。他說在課堂上老師講了很多關於秋天的事情，秋天是放風箏的好季節、秋天瓜果成熟、秋天稻花飄香、秋天……

還講了秋風習習、秋高氣爽、五穀豐登這些和秋天有關的好詞。

那這篇作文就更容易寫了。

可是我連稻子都沒見過，哪知道稻花香不香呢？

沒見過也可以寫啊，范仲淹根本沒見過岳陽樓，連岳陽都沒去過，但他還是寫出了〈岳陽樓記〉。

這又不是想像作文，我不會寫沒看到的真實景色。

如果實在不會寫，那你寫點看得見的秋天，比如瓜果豐收的喜悅呢？

超市裡天天都有瓜果，我感受不出喜悅。

那寫你在涼爽的秋風中放風箏，總有感受吧？

我們家社區不讓放風箏，上次去廣場放風箏都是兩年前的事了。媽媽，您看，我不是不寫，我是不知道怎麼寫秋天。

我邊走邊四下看，非要找點能代表秋天的東西，讓他心服口服。

我心裡正盤算著，一個東西忽然「吧嗒」一下掉在我的頭頂上。

就像蘋果砸頭事件讓牛頓發現了萬有引力一

啊
媽媽，
您怕樹葉？

樣，我也激動地拿著這片梧桐葉說道：「一葉知秋！這不就是秋天嗎？曹小孩你看，落葉就代表了北方的秋天。」

曹小孩眼睛一亮，但很快愁容又爬上了眉頭：「媽媽，只寫一片樹葉，我寫不出一百五十字以上。」

原來習作要求字數啊。我看著回家的路還有一半，於是「五覺寫作法」要上場了。我告訴曹小孩：「想要字數寫得多，可以用上手、鼻子、眼睛、耳朵和嘴巴。」他驚訝得張大了嘴巴。

曹小孩最近在看一套童話故事書《喵卷卷來了》，於是我決定用書中的情節描寫，

我媽說了，這是一片魔法樹葉，吃了它就會寫作文！

給他做例子。

喵卷卷為了保護鳳凰蛋，一路追蹤到了岩漿湖的那段，你看到了嗎？

看到了，可惜喵卷卷來晚了一步，鳳凰蛋已經被瘦麻桿搶走了。

沒錯，書中是這樣寫的……

搶到鳳凰蛋的瘦麻桿因為跑得太匆忙，一不小心撞在菩提樹上，把鼻子都撞歪了。他疼得齜牙咧嘴，覺得嘴巴裡鹹的、酸的、辣的等各種味道一股腦兒湧了出來。

這個描寫就用到了五覺之一。

是味覺嗎？

一下子就看出來了？厲害啊！

在他暈頭轉向的功夫，喵卷卷追了上來。他一不做二不休，一把將瘦麻桿推進了彩虹花園。這下可好，瘦麻桿格外珍惜的白色長袍，頓時被彩虹花染上了可怕的黑色、詭異的紫色、髒兮兮的牛糞色，變得一塌糊塗。

是顏色！我知道，這次用到了視覺！

很好。接著書上說：被壓到的彩虹花很不滿意，發出了刺耳的尖叫。瘦麻桿就好像被關在了一個巨大的音箱裡，被叮叮噹噹的鼓聲、吱吱嘎嘎的琴聲、咿咿呀呀的喊聲環繞著，頭都快炸了！

聽覺，聽覺！這段描寫用到了聽覺。

曹小孩興奮不已，就像發現了宇宙中的三體人一樣激動。還沒等我深入講解呢，他已經弄明白「寫作文可以眼睛、鼻子、嘴巴齊上陣」到底是什麼意思了。

於是，我拿起手中的樹葉說：「現在，你

主角落葉

知道落葉也可以寫出很多字了吧！」曹小孩看了看，說：「這片金黃色的梧桐樹葉像個大手掌，葉子上還有葉脈，像我們手上的掌紋一樣。」接著他聞了聞，驚訝地說：「雖然是枯葉，但是還能聞到植物的清香！」

「非常好，接下來我們用『耳朵』寫作文。」我說著，把手中的那片葉子扔進了路邊的枯葉堆中，然後昂首挺胸在鬆軟的落葉中走起了正步。

曹小孩立刻跳過來，和我一起踩落葉，邊踩邊說：「乾枯的落葉可以發出『嘩啦嘩啦』的聲音！像是秋天的小合唱！」

我們這樣一路走一路說，等到社區門口的時候，一篇關於秋天的作文基本就成型了。

可是，我還沒用到味覺呢？

「五覺法」不是要把視覺、嗅覺、味覺、聽覺、觸覺都用齊，而是

你需要哪一種，就請哪一種來幫忙。

還真是簡單又方便啊！

沒錯，這樣會讓你的描寫有細節、有畫面，更加形象生動！

回家後，曹小孩一鼓作氣地寫出了關於秋天的作文，那真是奮筆疾書猛如虎，字數遠超一百五十字啊！

報！一個好消息，
一個壞消息！
壞消息是「主角碎了」。
好消息是「主角多的是」！

一葉知秋

秋天到了，梧桐樹的葉子都乾枯了。它們像一個個金黃色的大手掌，劈里啪啦地掉在地上。雖然是落葉，但我還是能看到這些大手掌上面像手紋一樣的葉脈，能聞到一陣植物的清香。

剛掉下來的落葉，正面摸起來還很柔軟，背面卻像爺爺的手背一樣粗糙了。我想，它們一定和我的爺爺一樣老了吧。

每到秋天，路邊就有很多落葉，它們組成了金色的落葉大道。走在這些大道上，可以聽到嘩啦嘩啦的聲音，就像秋天在為我們歌唱。

它像一個畫家，也像一個歌唱家！我喜歡金色的秋天！

觀察日記怎麼寫？

【作文雜點〉一對一解答】

錯誤回答　這還不簡單？用眼睛使勁看！盯著看！

正確回答　觀察日記，光用眼睛還不夠，還可以用鼻子「觀察」、用嘴巴「觀察」、用手「觀察」、用耳朵「觀察」。

當然，觀察是一方面，你還可以配合著查一些資料。這樣就能寫出一篇有理有據、有情感的觀察日記了。

用眼睛「觀察」

用手「觀察」

用鼻子、嘴巴「觀察」

用耳朵「觀察」

第九課

給「小懶蟲」的便捷方法

萬能排比句，讓文章緊湊有文采

我總覺得自己家的孩子是個「小懶蟲」。這種懶表現在各方面。比如寫作業，語文的閱讀理解多寫一個字都覺得累。

這種懶惰放在其他事情上也一樣。冬天進到有暖氣的教室裡，懶得脫羽絨外套，穿一天也不覺得熱；回家寫完作業也懶得出門玩，寧願在家裡看書、下棋、組裝機甲。

雖然曹小孩平時很愛表達，別人聊什麼他都想說上幾句。可是每次寫作文的時候，那種滔滔不絕的文采立刻就「奔騰入海無影蹤」了。

這天，看著他那隻言片語的作文，我惋惜地說：「曹小孩啊，你的作文因為字數不夠丟分也太虧了，要不要媽媽教教你？」一聽說要講作文，曹小孩轉身就跑。

為了不讓他產生叛逆心理，我連忙說：「不是寫作文，我們來說作文，怎麼樣？」

牠們不像燕子那樣，在屋簷下搭窩，而是築巢在高樓的犄角；或者在光禿禿的山牆中間，脫落掉了兩塊磚的洞眼裡。這些巢總是離地很遠，又高又險，人手是摸不到的。

閱讀中，你有哪些不理解的詞語？可以透過查字典的方法寫下來。

無

「說還可以！」一聽說不用動筆，曹小孩就沒那麼大壓力了。其實作文因為字數不夠被老師批評，曹小孩也很鬱悶。所以，他主動問我：「媽媽，您有沒有不用絞盡腦汁想那麼多情節，就能寫出很多字的辦法？」

老師說，不能寫沒用的內容湊字數。作文要保證字數，還要看起來有文采。

簡單！那就用萬能排比句吧！

排比句之所以被稱為「萬能」，是因為在一篇作文中，排比句可以用在開頭，讓作文華麗開場；可以用在

排
比
句
！

排比句
我愛你
好有文采！
好有氣質！

結尾，闡明中心主旨；也可以放在作文的中間，描寫心情、景物，描寫不同人的狀態。

總之，各方面都可以用到排比句。

比如呢？

比如說過年，每個人歡喜的角度都不一樣。小孩子過年為什麼高興？

有壓歲錢，有好吃的，飲料隨便喝，還能放鞭炮！

那爺爺、奶奶為什麼喜歡過年？

一定是因為平時只有爺爺、奶奶自己在家，過年全家人都回來了，團聚在一起，開心又熱鬧！

沒錯，爸爸、媽媽也喜歡過年。看到老人健康，孩子快樂，大家一起吃年夜飯，看特別節目，就覺得特別幸福。

連我們家的狗狗，過年都會覺得很滿足。

什麼時候過年
啊？汪！
除夕

把剛才說的這些連起來，就是排比句開頭。

這麼簡單？

對呀！

厲害啊，一個開頭就已經寫出一大段了，我還愁什麼字數啊。

做為我家的「懶惰一哥」，曹小孩很少主動向我請教寫作方法，但他很喜歡這種不費腦子就能寫出很多字的方法，所以他接下來主動問我：「媽媽，那結尾怎麼用排比句？」

「簡單！」我順勢拿出了他寫的課堂作文，「就用你們這個單元的習作舉例吧。」

這個單元的作文練習要求是：寫自己的一個好朋友。

結尾，主要是鞏固和突出中心思想。寫好朋友，其實中心就是寫友誼。

我寫了「我們的友誼地久天長」。

還不夠，你可以在這句話前面，把友誼拿來做比喻。比如說：友誼是一首歌，唱出了我們童年的喜悅。你接……

那……友誼也可以是一幅畫，畫出了我們一起遊戲的美好畫面。

舉個「栗子」

友誼是一首詩，寫出了我們心底的真情。

友誼是一把傘，為我們遮風擋雨。

真棒！現在把它們連起來，就是排比句，然後再補上你原來的那一句。

多麼珍貴的友誼啊，希望我和○○○的友誼能夠地久天長！

瞧，運用了排比句，結尾關於「友誼」的中心就更加堅固、更加完整了。不僅如此，對於小學生的作文來說，需要達到的文采也足夠。

那怎麼放在作文中間描寫心情呢？

比如說開心！很多事情都能讓我們開心，如果讓我寫，我會說：今天我的心情特別好，就像收到小讀者來信一樣開心。

就像夏天吃冰鎮西瓜一樣開心。

就像見到久別重逢的朋友。

就像生日許願真的實現了。

「我知道，把它們連起來組成排比句，一個『心情』就能寫出一大段！」曹小孩興高采烈地說。「最重要的是，我們沒有用『廢話』來湊字數。」

我點點頭繼續說：「排比句是用白描的方式把景物、

我的小狗叫汪汪。每天回家，我都說:「汪汪，
汪汪，汪汪，你快過來啊！」
牠就「汪汪、汪汪、汪汪」
地叫著跑過來了……
哈
哈 哈

心情、環境、中心等，展開來描寫。」曹小孩不太明白「白描」是什麼意思，但他說自己以後寫害怕、寫春天、寫緊張、寫寒冷都可以用排比句了。

「那你今天的日記準備寫什麼？」我趁熱打鐵。

因為我這種耍賴皮、不講理的行為，曹小孩在今天的日記中，寫出了不滿和控訴。

不是說好口頭作文？
怒氣值+5
不聽不聽，兒子念經

我的願望是去哈爾濱的冰雪大世界。

聽說那裡有冰雕城堡，就像夢幻的童話世界；聽說那裡有長長的冰滑梯，就像晶瑩剔透的長龍；聽說一到晚上，冰雕就點燃五光十色的彩燈，像是彩色的星河！

爸爸、媽媽上次寒假就說要帶我去，可是他們又不去了。爸爸說太忙了，媽媽說怕冷！但是他們明明答應我了啊！真是說話不算話。

我很不開心，就像丟掉了心愛的玩具；就像在學校吃午餐，輪到我時炸醬麵吃光了；就像和好朋友吵架一樣難過。

爸爸答應我今年寒假一定去冰雪大世界。說話不算話的人會長長鼻子！

誰說單押不是押，
作文也能很嘻哈！

我和老曹一致認為，孩子有缺點不怕，只要能找出優點就好。有時候，換個角度想問題，就不會焦慮了。

平時的寫作練習一定要
寫完整的作文嗎？

【作文難點〉一對一解答】

錯誤回答　當然了，不完整叫什麼作文。

正確回答　不一定非要寫一篇「起承轉合」全面完整的作文，我們可以在平時進行「片段」寫作練習。

比如：你喜歡一個玩具，這個玩具是什麼樣子、什麼聲音、怎麼玩的，你為什麼喜歡它；你愛吃的一道菜是什麼味道、什麼顏色、怎麼做的；今天我心情特別不好，到底是怎樣一種低落呢；母親節，我為媽媽選了一束什麼樣的花……

也許這些片段寫的只是一種心情、一道菜的製作方法、一個玩具要怎麼玩，或者一束鮮花的顏色，但它們都是組成完整作文的基本元素。片段基礎打好了，完整的作文也就慢慢搭建起來了。

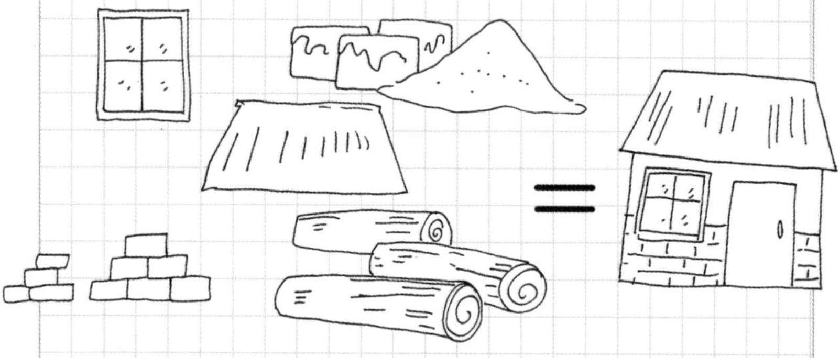

第十課

「望遠鏡」和「放大鏡」

遠近搭配，詳略得當寫遊記

這個週末，我和老曹要帶曹小孩去環球影城玩。

今天我帶進遊樂場的裝備除了水、零食、遮陽帽、排隊時的折疊小板凳，還有特地準備的兩件祕密武器：望遠鏡和放大鏡。排了三十分鐘的長隊伍後，我們終於進到了遊樂園裡面，曹小孩興奮地想要「起飛」了。我一把拉住他說：「別急，為了能一天玩完所有項目，我們要有計畫。」

曹小孩抖出一張地圖，說：「我在門口拿了導覽圖。」

「不不不，平面圖遠遠不夠，我們先要觀察地形。」說著我把早就準備好的望遠鏡

塞進他的手中：「你先確定一下這些遊樂項目都在哪個方位，你對哪個感興趣？」

他樂顛顛地拿著望遠鏡，邊觀察邊說：「媽媽，那邊的哈利·波特項目一定要玩。」我假裝踮起腳說：「看不見呀，你給我講講是什麼樣的？」

有對角巷的街道，還有尖頂房子！

玩！隨便玩！

變形金剛區也一定要玩，我都看到大黃蜂了！

必須玩！還有什麼？

霸天虎雲霄飛車簡直太帥了！它恨不得拐了一百個彎。

那我可不敢玩，但你可以和爸爸一起玩，還有什麼？

侏羅紀的大旋轉車。

要知道，我可不是一個讓孩子掃興的媽媽。今天寫作指導的第一步計畫已經完成，重要的是，曹小孩根本就沒發現，所以並不會影響他的遊戲心情。

功夫熊貓麵館
超級好媽媽
我太聰明了。
加個雞腿

小學生寫遊記，最容易出現的問題就是面面俱到。啥都想寫，啥都寫不明白。想要遊記寫得詳略得當，從一開始，就要分頭來觀察。

讓我看看你到底
有沒有長頭髮？

剛才曹小孩用「望遠鏡」觀察到的，也就是一眼掃過去看到的，便可以用在略寫部分。接下來的詳寫部分呢？當然不是真的需要「放大鏡」。

「放大鏡」就是個比喻，說的是要注意觀察細節。所以，當曹小孩和他老爸從雲霄飛車上「暈頭轉向」下來後，我就開啟了「作文指導」的第二招。我問他：「雲霄飛車可怕嗎？」

雲霄飛車的軌道到底是什麼樣的？

我都不敢看，全程閉著眼睛。

你尖叫了嗎？

我嚇得聲音堵在喉嚨裡，都喊不出來了。但坐在我前面、後面的幾個大姐姐都使勁尖叫，那聲音比坐雲霄飛車還嚇人！

曹小孩還給我解釋，「嚇尿」這個詞不是不文雅詞語。他想說的是，自己在失重的那一瞬間，臀部肌肉和腿繃得緊緊的，真的緊張到想上廁所。

小孩的心事你別猜。
你到底害不害怕？
太刺激了，我還想再坐一次。

不過，雲霄飛車排隊的人太多了，我們只能轉戰下一個項目。

「未來水世界」的表演據說很精采，我提前交代曹小孩說：「你一定要把每個細節都記清楚，回來好講給爺爺、奶奶聽。」曹小孩果然看得非常認真，沉浸式地體驗了整場演出。

我在心底暗想：「放大鏡在一點點蒐集素材了，很好。」

玩了各種刺激的項目後，曹小孩被我慫恿要去跟「熊貓阿寶」合影，下臺後我又問他。

功夫熊貓的眼睛會不會動？

會，他是真人穿著布偶服裝扮演的。

那他的外套是真毛還是畫上去的？

當然是真的，軟綿綿的。

曹小孩興致勃勃地給我講解著，忽然，他很嚴肅地問道：「媽媽，您怎麼不自己上去合影？」我差點露出馬腳，連忙說：「合影也要排好久的隊啊，我要把時間留給

擋住「馬腳」

後面的小黃人。」

不得不承認，全天下的小孩兒都是永動機！看「花車遊行」的時候，曹小孩看起來一點兒都不累，他還興奮地一手拉著我，一手拉著爸爸說：「車隊來了，您快拿手機錄影啊！」我和老曹偷偷對視了一下，一起關掉了手機。

曹小孩失望地說：「真倒楣，我沒辦法給大寶、小寶（樓上鄰居兄弟倆）錄影了。」

「你自己都已經站在這裡了，用眼睛看完講給他們聽就好。」我安慰曹小孩說，「以後我們多來幾次，下次我帶上行動電源。」

雖說兩個大人算計一個小孩，看起來有

點不道德。但是想想看，對於不愛觀察細節的曹小孩來說，也許只有這種「激將法」才能讓他注意到每一輛花車、每一個卡通人物和精采的表演。那天我們玩了整整一天，走出園區的時候，老母親和老父親需要彼此攙扶著，才沒有徹底散架。不過讓我們欣慰的是，有了這兩件祕密武器，曹小孩第二天的遊記寫得還算順利。

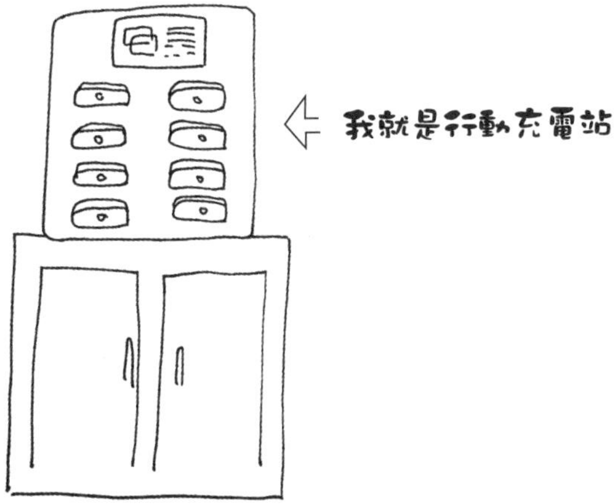

今天爸爸、媽媽帶我來我期待已久的環球影城。這裡有一層樓高的汽車人戰士，有可愛的小黃人，假山瀑布後面藏著侏羅紀時代的恐龍，還有我的最愛──哈利．波特！

我第一時間衝到了對角巷，買了哈利．波特的魔杖，從那裡開始了奇幻冒險之旅。

今天我玩了八個項目，除了排隊有點累，別的都很好，每一個我都喜歡。但我最喜歡的還是霸天虎雲霄飛車！車剛開動時，我還以為自己很勇敢，沒想到加速器來得這麼快，嚇得我閉上了眼睛。我緊張地拉著爸爸的手，一會兒拐彎，一會兒俯衝，還頭朝下了呢！我都不敢張嘴大叫，生怕心臟從喉嚨裡蹦出來！簡直太刺激了。

天快黑的時候，卡通明星大遊行的花車隊伍是媽媽最喜歡的，當然我和爸爸也喜歡。我們就在這歡樂的歌曲中，結束了今天的旅行。

還有，這裡的超級大熱狗真好吃，和我的胳膊一樣長！

不過我媽媽說太貴了，以後不會給我買了。

曹小孩明白了什麼叫詳略得當，這就是收穫。除了這篇小遊記，他還寫了一篇更詳細的攻略，說是週一要拿到班裡炫耀。

【作文難點〉一對一解答】

讀書筆記怎麼寫？

錯誤回答　簡單，摘抄優美的好詞好句！

正確回答　摘抄優美語句只是寫讀書筆記的方法之一，讀書筆記還有很多種方法。

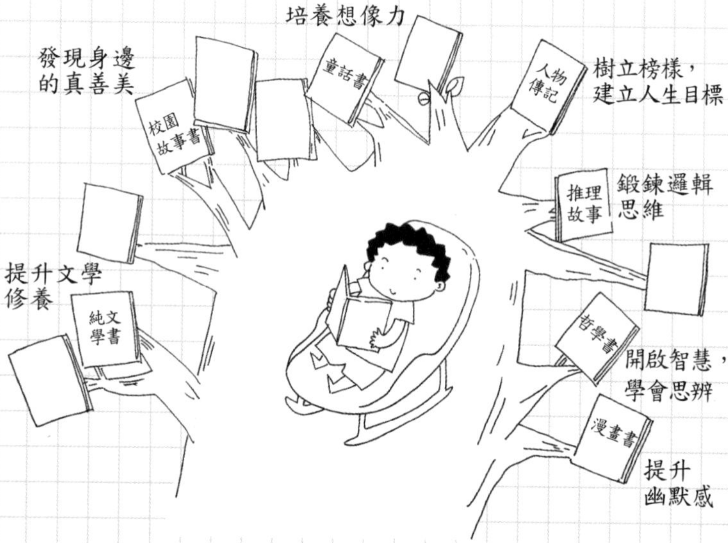
培養想像力
發現身邊的真善美
童話書
校園故事書
人物傳記
樹立榜樣，建立人生目標
推理故事
鍛鍊邏輯思維
提升文學修養
純文學書
哲學書
開啟智慧，學會思辨
漫畫書
提升幽默感

比如在讀到某一段時，你的感觸很深，還收穫了一個對你有所觸動的道理。那麼你就可以寫下這種感受和所思所想。

除此之外，一個精采絕倫的比喻、一句發人深思的對話、一段唯妙唯肖的景物描寫、一種刻骨銘心的心理獨白……這些都是你在讀書過程中得到的收穫。如果這篇文章的結尾過於悲傷，或者和你想的不一樣，你還可以為這篇文章續寫一個結尾。如果你對這篇文章的主題有不同的感受，甚至可以寫一篇相同主題的文章。讀書筆記是一個欣賞和學習精品文學的過程，不管學到了什麼，都是收穫。

第十一課

一起展開想像的翅膀

學會方法，人人都是童話大王

不久前，曹小孩擁有了一根哈利．波特魔杖。週末的早上，起床後的曹小孩不刷牙、不洗臉，拿著魔杖比比畫畫，口中還嘀嘀咕咕地念著「可怕」的咒語。

曹小孩，你想當一個巫師還是想當個老神仙？

當巫師比較簡單，有魔杖。

老神仙也有拂塵和寶葫蘆。

但巫師會念咒語：定！

老神仙也會念符咒：變！變！變！

那當什麼都行，反正他們只生活在想像故事裡。

「那不見得，想像作品裡也可能沒有老神仙和魔杖！」我模仿著曹小孩的「抬槓」對話法，他說一句，我反駁一句。「就像媽媽寫的這些童話，裡面既沒有仙女和巫師，也沒有寶葫蘆和咒語，故事都是發生在現實中的。」

曹小孩似乎發覺了我的意圖，撇撇嘴說：「對對對，我媽媽不是一般人！但我可沒有那麼好的想像力。」

我們都知道，小學生寫想像作文通常會用以下幾種形式。

第一：我做了一個夢……

第二：運用擬人的方法。鉛筆和橡皮說話，小狗和青蛙做朋友，小草挺起腰、抬著頭大喊：「雨婆婆，什麼時候下雨啊？」

這是最方便、最簡單的想像模式。但只會這種方法，很容易讓想像力故步自封，作文變得制式、雷同。

記得我小時候，書上的優秀作文就是：我做了一個夢，夢中去塔克拉瑪干沙漠播撒種子，沙漠變綠洲……後來夢醒了。三十多年過去了，現在的孩子一說到想像作文，有的還在寫「夢中沙漠變綠洲」。

其實孩子一點都不缺乏想像力，缺的只是一點點寫作方法的引導。

所以我告訴曹小孩，你不需要讓桌椅復活，不需要做一個夢，不需要仙女和老神仙，不需要魔杖，同樣能寫出精采的想像作文。

早上倒的白開水怎麼一直沒喝？
留著寫作文呢！

難道您有什麼祕笈？

必須有啊！只要睜大眼睛去觀察你的周圍和你的生活。眼睛看到的任何東西都可以拿來做為想像的「種子」、童話故事裡的道具。

身邊的東西？那一杯水也可以寫童話嗎？

當然可以，一個想像已經蹦出來了。你知道嗎？這是一杯神奇的水，喝了以後會長出哪吒一樣的

三頭六臂。你就可以每隻手拿一枝筆，語文、數學、英語、美術一起寫。

太好了，還能剩兩隻手吃零食。

曹小孩一下子就開了竅，手舞足蹈地說：「那我喝完這神奇的水還可以隱身。上課想去廁所不用舉手，就算大搖大擺地從老師面前走過去，老師也看不見！」我連忙第一時間送出表揚：「我兒子真是個童話大王，沒浪費媽媽優秀的遺傳基因！」其實方法就是這麼簡單，小孩子們應該都會使用：用眼睛看到任何一個東西都能拿來當道具，進行想像作文的創作。

那我要是寫一篇關於媽媽的想像作文呢？

媽媽也是東西。
什麼？
媽媽是什麼東西？

看來你屁股欠打了！
不不不，媽媽不是東西！

兄弟們，給我上！
我才不要聽你的！
這POSE擺得也太醜了！
供餐嗎？

想用命題作文考我，沒那麼容易。我神祕兮兮地靠近曹小孩，故意壓低聲音說：「你看媽媽平時是普通媽媽，其實到了夜深人靜，你們都睡著之後，我就會變身為超級夜行俠！『嗖』的一下飛出去行俠仗義！指揮千軍萬馬，拯救世界！」

這樣寫想像作文也太容易了。

那當然，簡單好操作。用眼睛看到什麼，就拿什麼來展開想像。

預祝第一屆「胡思亂想」大會圓滿成功
寫作文大會……不不，
胡思亂想大會現在開始！

我倆說得正熱鬧，老曹過來問我們一大早在聊什麼？曹小孩剛學會了一個方法，急於表現和炫耀。於是他開始考爸爸：「您能一下子說出一個神奇的想像嗎？」老曹摸著肚子說：「我想像今天的早飯可以從餐桌上自己鑽出來。」我這才意識到，我們只顧著說想像，連早飯都忘記吃了。

吃過早飯後，曹小孩意猶未盡地還要和我們繼續比想像。我說，有一次我去一所小學給那裡的孩子進行寫作講座。那個學校有二千多名學生，大家只能坐在操場上聽。當時看著那漂亮平整的大操場，我就展開了想像。

我想要在操場的最邊邊裝上一個大拉鍊，拉開這個拉鍊，把操場地面整個翻過來，操場背面是個游泳池。

太神奇了，只要裝滿水，就能上游泳課！

我上學的時候也想擁有一所神奇學校，學校的樓梯是滑梯，下課坐在樓梯上一下子就滑下樓去了。

也可以變成雲霄飛車，那樣

冬天時，操場翻過來後上的是溜冰課！
可是前一秒還是夏天啊！
泳

上樓下樓的時候還能鍛鍊膽量。

變成巧克力樓梯也不錯。哪個班級先下課，就先衝出去吃樓梯！

延遲下課的班級出來得晚就下不了樓，必須下節課認真聽講，樓梯才能重新長出來。

新長出來的可能是洋芋片樓梯。所以，下樓的時候要小心點，不能跑。

雖然曹小孩撇撇嘴，說爸爸、媽媽總是不忘教育人，但不得不承認，我這個「如何寫想像作文」的寫作方法還是很有效的。

一個茶杯蓋的夢想是想成為飛碟。

一塊橡皮可以擦去悲傷的記憶。

一雙火箭鞋能幫我上班不堵車。

就這樣，我們全家你一句我一句，說了好多漫無邊際的幻想。其實回憶一下，這個方法真的很容易操作。

不用做夢，也不用神仙和巫師變變變，想像就在我們身邊。後來，曹小孩的語文課有這樣一篇想像習作，寫作要求是：有一天你遇到了一個神仙，請想像一下發生了什麼事。

曹小孩是這麼寫的。

大家好，請聽我們講道理！

用眼睛看到的任何東西都能拿來當道具

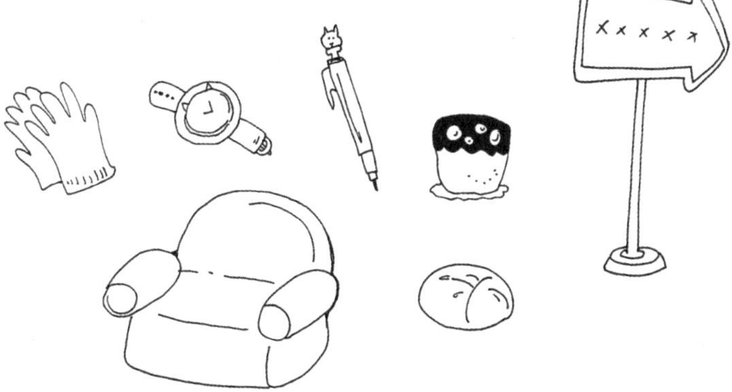

有一天放學，我撿到一隻小狗，牠看起來不像流浪狗。

我就在路邊等主人，等來等去，終於等來了，原來牠的主人是二郎神，這隻小狗是哮天犬！

二郎神為了感謝我幫他找到了狗狗，決定帶我上天去玩一圈。

我們去了廣寒宮，看到了漂亮的嫦娥姐姐；去了蟠桃園，吃了孫悟空才能吃到的仙桃；又去太上老君家，看他煉仙丹。

太上老君煉仙丹太慢了，拿著扇子好半天才搧一下。二郎神看得著急了，腦門上的第三隻眼「呼」的一下冒出一股金光，射到了煉丹爐裡。沒想到煉丹爐裡的火太旺了，沒過幾分鐘，爐子就爆炸了，裡面的金色仙丹也變成了一顆顆黑球球。二郎神好心做了壞事，對太上老君說：「我還有事，先走了。」帶著我趕快跑。

他把我送回家後，我們依依不捨地再見！真希望有機會再去天宮玩一圈。

【作文雜點〉一對一解答】

我的想像力不夠豐富，該怎麼寫想像作文？

錯誤回答

那麼多童話故事，模仿一篇就好了。

正確回答

如果想像力不夠豐富，可以運用「假設」法來寫想像作文。

假如我是李白，假如我來到了龍宮，假如外星人光臨地球，假如我變成了一隻貓，假如太陽丟了，假如金絲猴會說話，假如天上下起了零食雨……

是不是很簡單呢？你也來試試看。

假如……

第十二課

第二天的球賽更好看

精采動詞，為作文錦上添花

週五，放學回家的曹小孩不用督促，自己緊鑼密鼓地完成了作業。我還以為他學習的小宇宙終於爆發了，沒想到他只是不想錯過晚上直播的足球賽。不巧的是，那天我們家的電視忽然「生病」了，症狀表現為：只有圖像，沒有聲音。

我建議這對父子明天修好電視看重播，他們異口同聲地說：「絕不！」

接下來，老曹和小曹一臉認真地看了九十分鐘沒有聲音的足球比賽。

第二天早上，哈欠連天的曹小孩來到餐桌前，我問他：「昨天的球賽怎麼樣？」

曹小孩撓撓頭說：「怎麼說呢？好看是好看，但總覺得哪裡不對勁。」

關鍵時刻你去上廁所了？錯過了精采的射門瞬間？

沒有，我眼睛瞪得大大的，一直守在電視前。

那就是你喜歡的球隊輸了？

也沒有，他們贏了，但我還是覺得缺了點什麼。

牛肉餡餅配咖啡
好像不是很對味

明明是一場精采的足球賽，到底是哪裡不對勁呢？缺了點什麼呢？

不過好消息是，修電視的師傅只用了十分鐘就修理好了我家的電視。因為曹小孩總覺得昨天那場球賽少了點什麼，所以他決定今天再看一遍。

不一會兒，電視裡就傳來了緊張的比賽聲，我正給家裡的貓貓梳著毛，不抬頭就能聽到解說員激情四溢的聲音：「近了，更近了！一記勢大力沉的射門，守門員反應很及時，他高高躍起，伸長了手臂，準確地把球托了出去！」

與此同時，曹小孩激動地拍了一下桌子，

我知道昨天的比賽哪裡不對勁了！
預測昨天
女巫不是該預測未來的嗎？

從沙發上彈了起來：「太精采了！」這一聲吼把貓咪都嚇跑了。

你昨天不是看過這場比賽了嗎？

是看過啊，但我覺得今天的比賽好像比昨天的精采。

我心中暗想：「很好，寫作時間又到了。」

哪裡不對勁？

缺少了聲音，聽不到解說。

可是就算沒有解說，我也能看懂啊！

但是有了解說，你會發現球賽更精采！

曹小孩不相信解說有這麼大的作用！他把球賽重播影片倒轉回去，一會兒開聲音，一會兒關聲音。經過親身體驗，最後他不得不承認，配上解說的足球比賽確實精采了很多。

所以，寫作文也是這樣。

寫作文也需要解說？

不不不。我說的是，寫作文要像解說員解說時那樣，用上生動形象的動詞！

高高躍起，伸長手臂，把球托了出去？

沒錯，「動詞」在語音語調上可以調動情緒，讓解說詞擁有激情澎湃的感染力。一場足球賽加進了這些動態描述，發揮了錦上添花的作用，所以才會變得更加精采。

為了讓曹小孩加深記憶，我開始引經據典。「古人在寫文章的時候，就知道使用動詞了。比如，『一道殘陽鋪水中，半江瑟瑟半江紅』中的『鋪』。」

「我學過！」曹小孩不甘示弱，「還有，『兩個黃鸝鳴翠柳，一行白鷺上青天』。」

兩個黃鸝**鳴**翠柳，一行白鷺**上**青天
是八隻白鷺！
不對！
明明是六隻！

賈島的名句「鳥宿池邊樹，僧敲月下門」中，還有一個關於動詞「推」和「敲」的故事呢！

傳說有一天，賈島去拜訪一個叫李凝的朋友，沒想到他到達李凝的住處時，他家卻一個人也沒有。當時天色已晚，賈島就去敲李凝家的門，驚動了池邊樹上的鳥兒。此情此景，讓賈島忽然有了靈感，寫出一首詩。詩中他把自己比喻成一位老僧，便有了「鳥宿池邊樹，僧敲月下門」的詩句。

但是，他一開始對「僧敲月下門」中的「敲」字應該用「推」還是「敲」猶豫不決。

他邊走邊想，邊想邊走，不僅沒「推敲」出結果，還莫名其妙地衝撞了當時大官韓愈的座駕。

韓愈得知前因後果後說：「我覺得用『敲』字更貼切。因為你是來訪友的，理應『敲』門，哪有直接把別人的房門『推』開的道理？」

賈島左思右想，又擔心「敲」的聲音太大，會破壞整首詩的意境……他就這樣揣摩了許久，最後終於決定用了「敲」字。

傳說「推敲」這個詞的出現，就來源於那個故事。

你走路為何不看路？
想什麼呢？
推!敲!推!敲!推!敲!

見曹小孩被傳說故事吸引住了，我乘勝追擊。

媽媽再告訴你一個更神奇的事！動詞不僅可以描寫動作，還可以把沒有生命的物體「變活」！

怎麼可能呢？

你看啊，「數峰無語立斜陽」中的「立」字，就是把本來處於靜止狀態中的山峰寫活了；還有王安石的「月移花影上欄杆」的「上」字，宋祁「紅杏枝頭春意鬧」的「鬧」字！

厲害，厲害！影子和紅杏都活了！

曹小孩大開眼界，感慨道：「難怪老師讓我們回家進行寫作練習時，要用上動詞呢，原來動詞這麼有意思啊！」接下來，他激動地翻開日記本，主動完成了今天的日記。

今天我看了一場足球比賽，這場比賽真的太精采了！

比賽一開始我就直勾勾地盯著電視螢幕，眼珠一動不動，大氣都不敢出一下，生怕錯過精采瞬間。開場十分鐘，我支持的球隊就率先踢進一球。看到那個球像離弦的箭一樣，「嗖」的一下飛進球門，我激動得一拍桌子，猛地跳了起來，大喊一聲：「漂亮！」把媽媽嚇了一跳，連在沙發上睡覺的小貓，都豎起了後背上的毛。

媽媽見我把桌子上的一盤瓜子都打翻在地了，一叉腰，一瞪眼，命令我說：「掃乾淨！」

中場休息的時間我揮著掃帚，幾下就清理了瓜子。因為我不想錯過下半場精采的比賽！

我喜歡看足球比賽，這項運動讓我熱血沸騰。

其實我不太明白男生看球賽為什麼這麼激動？我連場上的外國球員都分不清楚。

但我不得不承認，曹小孩雖然不喜歡寫作文，但他還是會認真寫。而且，今天的動詞用得很不錯！

【作文難點〉一對一解答】

錯誤回答

讓主人公講一個搞笑段子不就行了！

正確回答

寫人一定離不開寫事！如果想要作文寫得有趣，那就先確定一件有趣的事。在我們的生活中有很多好玩的、有趣的，一想起來都會忍不住笑出聲的經歷。寫作文之前，先坐下來努力回憶一下吧。

確定好了要寫什麼事情後，還要記得，這件事要發生在你的作文主角身上。

做拔絲香蕉
剪壞了瀏海
褲子穿反了
遛狗
車子沒油了
加油站

選擇一個有趣的開頭，比如說一聲誇張的尖叫、一個誤會，或者一團糟的場面。寫這件趣事的過程中，寫出人物的狀態，再配合上有趣的對白。

這樣的作文，不僅你寫起來好玩，讀者看了也覺得好玩。你的「一件趣事」就算寫成功了。

第十三課

小動物的小動作

寫出獨特性，萬事萬物不混淆

在一次小測試後，曹小孩拿回來幾張「奇怪」的考卷。

說它奇怪是因為數學考卷中有一道題扣了三分，這個丟分的原因讓我和老曹哭笑不得。

我非常詫異，這道題的選項明明只有A和B，曹小孩出於什麼邏輯思維和精準分析，答案會寫個D呢？

「媽媽，這道題我會做。」曹小孩說：「我腦子裡一直想的都是B！B！B！不知道怎麼回事，手上就寫成了D。」

好吧，原來是我想複雜了。就算曹小孩的數學是一時走神，但他擅長的語文竟然也出了大問題。

下列哪幅圖畫出了「荷盡已無擎雨蓋」中描寫的場景？
答（D）

在馬路和碼頭之間，我選擇了馬虎！

你的作文怎麼一個字都沒寫？

語文考試只有一節課時間，根本不夠用，好多同學都沒寫。

其實測試的作文很簡單：寫一個你喜歡的小動物。說到動物，我們家有一缸熱帶魚、七隻貓、兩隻小烏龜和一條狗，就像個小型動物園。按理說，曹小孩寫這篇作文一點都不難，沒想到他寫了個開頭就卡住了，只能主動跑來向我求助。

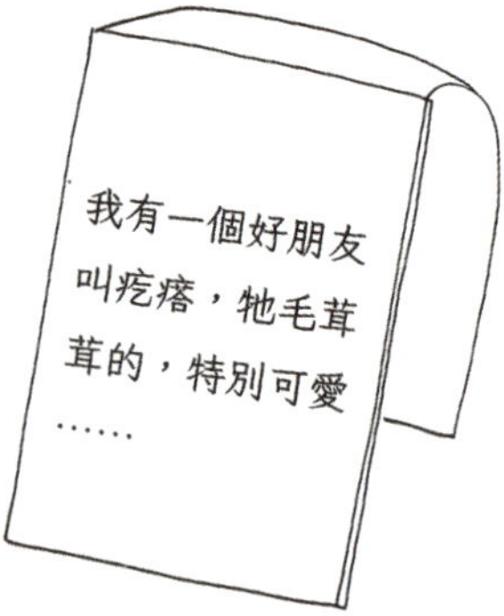

讓我猜猜你寫的是小雞、小兔、小狗，還是小倉鼠？

媽媽明知故問，您知道疙瘩指的是我們家的貓。

但別人怎麼知道你寫的是貓呢？

曹小孩這才反應過來，改了一下：我有一隻小貓叫疙瘩，牠毛茸茸的，特別可愛。很明顯，只寫出「疙瘩是隻貓」，讀者還是看不出小貓、小兔、小倉鼠的差別。看著曹小孩目光中那「為什麼寫作文這麼難」的迷茫眼神，我知道，指導他寫作文的道路還很漫長。

找不同

似乎沒有區別。

「這樣吧！」我拍拍他的肩膀說，「我們先一起來觀察吧，畢竟觀察是寫作的第一要素！」在我們談論疙瘩的時候，疙瘩正躺在床上晒太陽、睡大覺。牠舒服地伸展著四肢，白白的肚皮朝上，肚子裡發出了咕嚕咕嚕的聲音。

你觀察一下，貓咪覺得安全、舒服的時候，不用張嘴，肚子裡就會發出一種什麼聲音？

呼嚕呼嚕！

沒錯，那狗狗如果發出「呼嚕」聲，也表示牠很舒服嗎？

不不不，表示牠很生氣！牠在威脅你，千萬不要招惹牠！

很棒！那你的肚子裡發出「咕嚕」聲呢？

表示餓了！

疙瘩被我們的對話聲吵醒了，牠站起來，不耐煩地伸出前面兩隻手，抻長身子，伸了個大懶腰，然後開始舔自己的爪子。

我們再來觀察一下，貓咪這是在幹什麼？

舔爪子啊。

舔完爪子在幹什麼？

洗臉！牠會舔溼爪子在自己的臉上轉呀轉、抹呀抹地洗臉。

沒錯，小貓洗臉不像我們一樣用毛巾，也不是看到一盆水一頭扎進去，更不會在泥裡打滾。

其實這幾個問題對於孩子來說並不難，只是我不講，很多孩子可能沒有刻意觀察過。

小朋友們，
我表演的是什麼？

吃冰淇淋。
吃冰淇淋為什麼要抹一臉呢？難道能美容嗎？

看著疙瘩把爪子舔溼，然後一圈一圈地洗著臉，我又故作驚訝地問道：「小貓有那麼尖的爪子，洗臉時不會抓傷自己的臉嗎？難道貓的臉皮很厚？」

「媽媽，我不是三歲小寶寶了。」曹小孩無奈地聳聳肩膀說：「貓洗臉的時候會把爪子收起來，當然不會抓傷自己。」

人的指甲長了可不會收縮，只能剪掉，那小貓的指甲收到哪裡了呢？

肉墊裡？

不對，看來還需要更仔細地觀察。

我抓住疙瘩的小爪子，輕輕一捏，幾個尖尖的指甲就被捏了出來。

再一鬆手，指甲尖又縮了回去。要知道，家養的寵物貓很信任主人，怎麼捏都不會生氣。

瞧，小貓長著爪鞘，就像一排鋼筆帽一樣。當牠們覺得安全時，會把尖爪子縮進爪鞘裡，外面一丁點都不剩。

那您還買貓指甲鉗給牠們剪指甲？

「我是怕牠們抓破沙發。」我不好意思地說，「況且貓咪指甲鉗那麼便宜，還免運！」

我告訴曹小孩，不管寫什麼小動物都要先觀察。找出屬於這個動物的獨特之處。在這些特點中選幾個寫進作文，你寫的小動物就會更準確、更形象，不與其他動物混淆了。曹小孩很高興，他覺得自己觀察到的內容，至少可以寫二百字了！我提醒他：「小貓的瞳孔會變化，光線不同，瞳孔的形狀就不一樣。」他忍不住觀察起來。

在太陽下的疙瘩，瞳孔像是一道細長的黑線。拉上窗簾後，牠的瞳孔就成了兩頭尖、中間圓的棗核形狀。「在特別黑暗的地方會不會更圓？」曹小孩興致勃勃地把疙瘩抱進了沒有窗戶的洗手間，只開了一條門縫。果然，在幾乎沒有光亮的地方，疙瘩的瞳孔變得愈來愈大、愈來愈圓，像兩顆黑珍珠一樣。

所以，寫小貓除了寫牠的毛色、尖耳朵、會喵喵叫，可以寫的內容還有很多、很多。

仔細觀察寫細節，等我寫出小貓的獨特之處，大家一看就知道疙瘩是一隻貓了。

我的小貓叫疙瘩

我喜歡很多小動物，但最喜歡的還是貓咪。

我們家有七隻貓，我最喜歡的那隻叫作疙瘩。疙瘩最喜歡被我撓下巴，我一撓牠的下巴，牠的肚子裡就會發出咕嚕咕嚕舒服的聲音。

疙瘩全身雪白，有著一條黃色的長尾巴。牠走起路來尾巴直直豎起來，像旗桿一樣，特別威風。我走到哪裡，疙瘩就會跟到哪裡，還喵喵叫著要貓糧吃。

疙瘩的彈跳力非常強，可以一下子從地上跳到櫃子頂。

牠還很謹慎，想要鑽洞的時候會先用鬍子量一量，如果鬍子能進去，身子就不會被卡在洞口。

小貓都特別愛乾淨，牠們每天會把自己的爪子舔溼，認認真真地洗臉。牠們的爪子上有厚厚的肉墊，所以走起路來靜悄悄的，不會打擾到人。

我喜歡小貓，希望你們也喜歡。

瞧，曹小孩除了英語剛及格，數學從A、B兩個選項中選擇了D以外，作文寫得還是很不錯的！人生就該這樣懂得知足，一貓一狗一孩一伴侶，「一億」存款，平淡且充實。

老婆醒醒，我們下個月
還房貸的錢還沒著落呢。

【作文雜點〉一對一解答】

錯誤回答

鼻子、眼睛、嘴巴、頭髮、眉毛、耳朵，全部寫一遍。

正確回答

寫人物外貌，千萬不要把五官全部寫一遍，否則哪個都寫不精采。

我們人類不是一個批量生產出來的機器人，每個人長得都不一樣。就算是雙胞胎，也有細微的區別。所以描寫人物外貌時，最重要的就是觀察並抓住這個人的特點。比如，小美長了一對可愛的酒窩，她一笑，酒窩裡好像裝滿了甜美的葡萄酒。再看看你的同學，他們有的眼睛小、有的眉毛粗、有的下巴尖、有的身材圓滾滾。只要抓住一、兩個特點來刻畫，加上比喻句和形容詞，每個人的外貌區別就寫出來了。

第十四課

故事大王龐叔叔

開頭最關鍵，五花八門的作文開場白

放暑假的時候，曹小孩的日記變得很無趣，他說因為每天的假期生活就很無趣。所以，他的日記變成了這樣。

今天，媽媽從美髮店回來很不開心，她本來想燙羊毛卷，結果燙壞了。

今天我寫完暑假作業，和電腦下了五盤圍棋。

今天爺爺做了紅燒排骨，黑妞可開心了，牠吃了三個乾巴骨頭。

今天我看了《哈利·波特與混血王子》，從第一頁看到第二十五頁。

今天……

為什麼你的每篇日記開頭都是「今

從前，有個小孩睡前不刷牙，
後來，他的牙齒都逃跑了。

天」呢？

因為是今天寫的日記啊！

雖然他用「今天」開頭不是不可以，但千篇一律的「今天」，難免會讓人厭倦。我問曹小孩還記不記得他小時候，每天睡覺前，我都會給他講一篇神話故事。「記得啊。」曹小孩說。

小時候你還說每天的故事都用「從前」開始，能不能換一個詞？現在你自己寫日記，也只會用同一個「今天」做開頭了。

真的哦，您不說我差點沒發現。可是媽媽，我想不出怎麼把開頭寫得不一樣。

開頭有很多種方法，設問式開頭、對話開頭、景物開頭……

我們正在討論作文「開頭」的問題，我的好朋友插畫家大龐打來電話，說中午要到我家蹭飯。一聽說大龐叔叔要來，曹小孩特別高興。

大龐是我們二十多年的老朋友，他是一

位很厲害的插畫藝術家。我和老曹的很多圖書都是大龐畫的插圖。

做為一個不想長大的、自由的單身漢藝術家，大龐最喜歡的事情就是到世界各地旅遊，把自己看到的、聽到的、想到的都畫進畫中。

但這個藝術細胞和他的體重一樣膨脹的大龐，卻有一個讓我們抓狂的毛病，那就是拖延症。

好幾次出版社都要排版了，他的畫稿還沒交齊，我們不得不幫忙打電話過去催。但是幾乎每次接通後，他都有各式各樣稀奇古怪的拖稿理由。

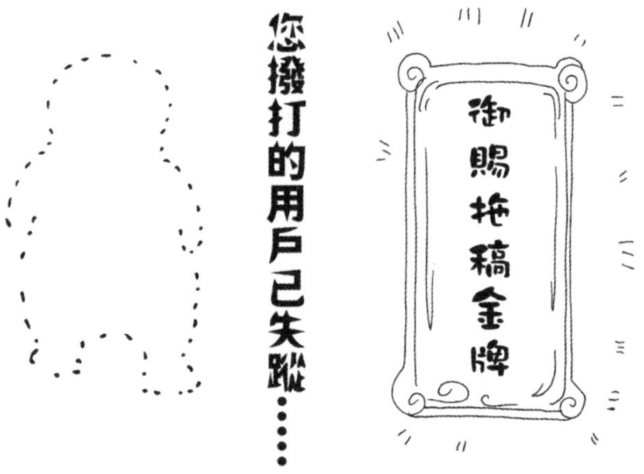

我的最後兩張畫
被狗咬碎了！
你不是一直用電腦
畫畫嗎？

你的畫稿到底什麼
時候交呀？
人氣燒烤
馬爾地夫的景色太美了，我
陶醉其中，沒有心情畫啊……

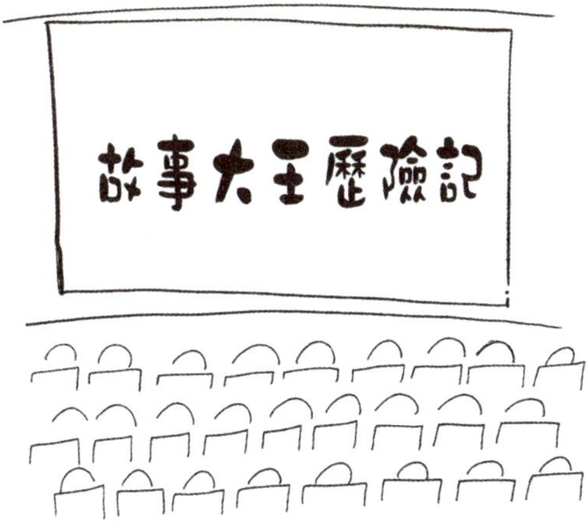

掛斷手機後，我靈機一動。想要指導「作文開頭」怎麼寫，大龐就是個「活教材」。於是我拉著曹小孩說：「你有沒有發現，大龐叔叔每次在電話裡說的第一句話，其實就是文章的開頭？」

「什麼意思？」曹小孩沒明白。於是，我們開始一起回憶大龐拖延交畫稿的一幕幕。

有次，我的一本繪本還剩最後兩頁沒有上色，於是我給大龐打去了電話。

喂，你在哪兒呢？

電話那邊的大龐說：「我在雲南的醫院。我吃了野生毒蘑菇，出現了幻覺，沒法畫畫了！不說了，我要去吊點滴了。」

這就是用「事件」開頭。

真是個好開頭，我現在就想知道這個中毒事件的全過程了。

還有一次，大龐叔叔給你爸爸的一本書畫封面，封面做了一半，他人就消失了，打電話也沒人接。直到三天後，你爸爸差點就要報警了，他終於接了電話。

老曹問：「喂，你怎麼不接電話呀？」

「救命呀！天哪，我該怎麼辦？」大龐的喊聲傳了出來，「我的車壞在沙漠裡了，現在我周圍有好多雙綠色的眼睛，我大概是被狼群包圍了。」

這就叫「對話」開頭。

好刺激啊，我想知道後來怎麼樣了。

還有一次，下週一就要交全部畫稿了，這週五的時候，大龐叔叔主動給我們打來電話，要求延遲一個月。理由是……

「我發現了一間藏在深山中的古廟。這個寺院被綠樹環抱，花草簇擁。杏黃色的院牆搭配灰色的殿脊，周圍還有栩栩如生的摩崖雕像！」大龐說：「我要在這裡小住一個月，放鬆心情，心情比工作更重要！」

聽起來好美啊！

這就是「景物描寫」開頭。

雖然在我們看來，大龐找的這些理由很多都幼稚可笑、真真假假、雲山霧罩，但我們已經不在乎他說的是否可信了。因為，他會把接下來的故事講得跌宕起伏、引人入勝。

有了這樣的開頭，你是不是會對接下來的內容充滿了興趣？

對對對，我非常想聽大龐叔叔講接下來的故事。

同理，如果他每次都用「今天」開頭。你可能就沒那麼期待了。

曹小孩不好意思地藏起了自己「今天……今天……今天……」的日記，感慨道：「以後我也要用各式各樣的開頭寫作文，就像大龐叔叔講故事一樣。」

我們正說著，門鈴響了，大龐說到就到。一進門他就粗聲粗氣地說：「今天吃什麼好吃的，我已經一星期沒好好吃頓正經飯了！」

這句話一說出口，立刻吸引了曹小孩。他衝過去拉著大龐的胳膊說：「大龐叔叔，您為什麼一星期沒正經吃飯，您又去哪裡冒險了？」

正經飯
蔬菜沙拉
馬鈴薯沙拉
玉米沙拉
覆盆子沙拉
鮪魚沙拉
雞胸肉沙拉

「算你猜對了，我去了一個神祕的食人族部落……」

接下來的時間，我和老曹就不用管曹小孩了，他被成功地移交給了老男孩大龐。老男孩會負責給小男孩講天南地北的精采故事，我和老曹只要負責做飯就好了。

那天，曹小孩的文章寫得毫不費力，因為他把大龐叔叔給他講的故事，寫進了日記裡。

你知道兔子「糞便」可以吃嗎？

我的大龐叔叔說他家養的垂耳兔最近有了個壞毛病，經常會吃掉自己的糞球。經過各種學習和研究，大龐叔叔終於知道了原因。原來，他家的兔子最近消化不好，而兔子糞球裡含有很多益生菌，可以幫助兔子促進消化和吸收！所以，牠會吃掉自己的糞球。

大龐叔叔還說，因為兔子只吃草，牠的糞球一點不髒。不僅兔子吃，有些人也會吃。兔子的糞球還是一味中藥呢，叫望月砂（也叫明月砂）。

我覺得不可思議，就算是消化不良，也可以吃山楂啊，怎麼有人會選擇吃兔子的糞球呢？

吃飯的時候，大龐表示，這次他從非洲旅遊回來，還給我和老曹帶了禮物——兩本筆記本。

不得不說，大龐真是我們的好朋友啊！

嘔！
這種筆記本別的地方可沒有，它的紙張是用晒乾後的大象糞便製成的。

【作文難點】一對一解答

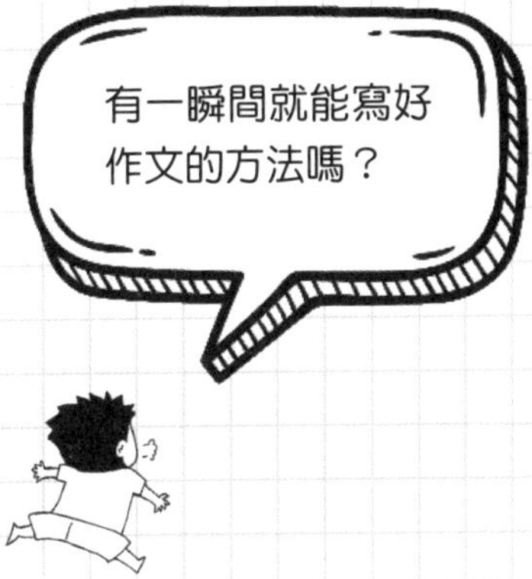
有一瞬間就能寫好作文的方法嗎？

錯誤回答　懶死你好了！

正確回答　寫作文還真沒有什麼捷徑，這是一個日積月累的過程。在積累的過程中，我們不僅要多閱讀，還要在閱讀時學習作家的寫作方法。

有位作家曾經說過，閱讀就像陽光照在小樹上。也許我們看不到樹葉上陽光的顏色和樣子，但是想要小樹長得茁壯，陽光是必不可少的。當然，只是讀也不夠，還要常練筆。就算做不到每天寫日記，也可以抽空寫寫讀書筆記、觀影筆記、流覽筆記或者觀察筆記，不要只等著老師留一篇作文才寫一篇。

總之，多讀多練，日積月累，好作文才能向你伸開雙臂！

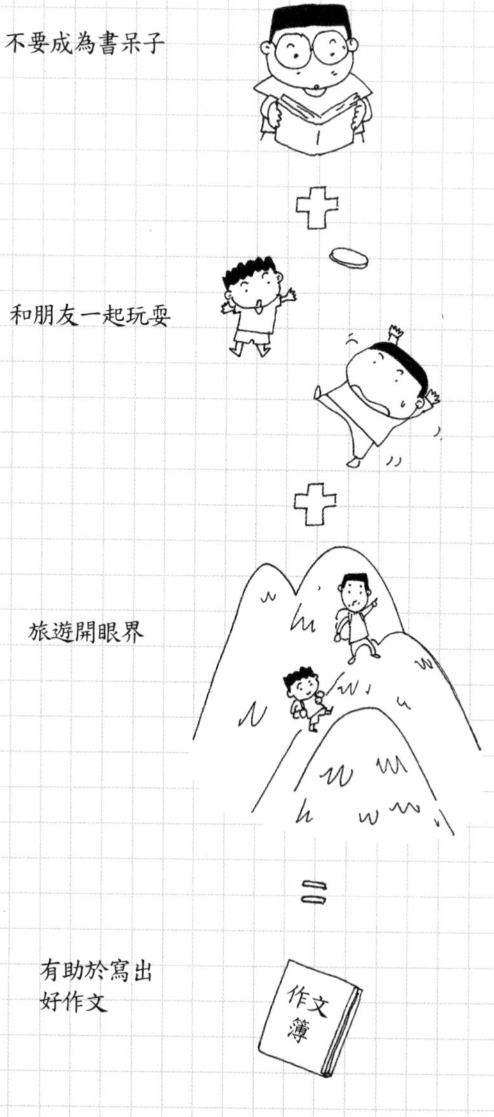
不要成為書呆子
和朋友一起玩耍
旅遊開眼界
有助於寫出好作文
作文簿

第十五課

一個主角三個幫

人物立得住，需要多角度共同刻畫

假期的時候，我要求曹小孩至少一週寫一篇日記。字數可多可少，有話則長，無話則短。

有一天，他實在寫不出來了，就要求我中午給他做三道菜。

我不明白其中的含義，難道吃飽了才有寫文章的靈感？曹小孩卻說：「媽媽，我不知道今天寫什麼，所以『沒有日記就創造日記』。」

我這才反應過來，曹小孩點的這三道菜是有所區別的，這樣他寫日記的時候，就能寫出它們各自不同的顏色、味道和口感了。雖然這種「點餐日記」的方式看起來有點不真實，但他確實在我的「偷偷摸摸、潛移默化、不露聲色地融入生活沉浸式教學」中，學會了用顏色、口感、香味來寫日記的寫作方法。這讓我很欣慰。

冬瓜丸子湯

有肉有菜的大鍋燉

綠色蔬菜不加肉

接招吧，
看我的五覺大法！
小學生
作文100篇
觸覺！
視覺！味覺！嗅覺！聽覺！

我的寫作方法很有效。

有效！可以繼續。

需要經費。

放心！我有小金庫。

為了讓我心甘情願地輔導「猴囝仔」，為了曹小孩的假期生活更加豐富多彩，老曹決定下午請我們去看電影。這場電影很不錯，故事情節曲折，對白風趣幽默，屬於笑中帶淚、發人深思的類型。

電影結束後，我趁著餘溫問曹小孩：「在這部電影中，你記憶最深的是哪個情節？」

曹小孩一下子激動起來，嗓門都提高了八度：「別人誣陷小土豆，說他偷文具店的鋼筆那段，我太生氣了。看到小土豆自己孤零零地坐在小河邊，我真想衝進去安慰他。」從曹小孩沉浸其中的表達方式上來看，他沒有敷衍我。

我立刻抓住這個鏡頭給曹小孩分析起來。

你覺得小土豆當時是什麼心情？

一定是非常、非常難過。

基礎一定要打好，
萬丈高樓平地起……
我比較喜歡住平房。
啊
對對對

那你發現沒有，在烘托一個人難過的心情時，導演特意給了陰沉的天氣、大片的烏雲等好幾個特寫鏡頭，還故意放大了他面前那條小河「嘩啦啦」的水聲。

好像是這麼回事。那是在表達小土豆的心情不平靜嗎？

太對了。到後面誤會解開了，你記得電影裡又是什麼樣的環境和天氣嗎？

拜託，我並沒有那麼難過。

大晴天，小土豆和同學們在遊樂場玩耍。遊樂場裡面有歡快的音樂、五彩的氫氣球，大家一起坐在海盜船裡尖叫、大笑！

沒錯，這就是描寫方法第一步，叫作「用環境烘托心情」。

「難怪電影裡一有傷心事就喜歡打雷下雨呢。」曹小孩像發現了新大陸一樣，很是驚喜。我提到小土豆的爸爸、媽媽、老師、同學都焦急地四處尋找小土豆的情節。終於，在傍晚時分的小河邊，大家看到了獨自悲傷的小土豆。

那時候，小土豆黑色的影子落在地面上，媽媽看到兒子面對河水靜靜地坐著，側臉上滿是悲傷的神情。

對，我記得那時候他沒哭。

因為導演在一層層地進行情緒遞進，還沒到哭的時候呢。

什麼意思？

就是說，第一步運用環境烘托了主人公的心情，接著用旁觀者的視覺，進一步體現出小土豆的悲傷。這第二步的方法叫「側面描寫」。

那第三步呢？

側面描寫是別人看到的、想到的，能側面體現主角狀態的描寫方法。
就是只能寫側面？

第三步小土豆自己就要發力了！

我知道了，他的媽媽小聲叫了一聲小土豆後，小土豆回過頭來，看到媽媽和同學們都來找自己了，他特別委屈，開始號啕大哭！

沒錯，第三步就是用主人公自己的表現來加強和表達主觀情緒。

媽媽，您這麼一分析，我覺得這部電影更精采了！我學會了，我長大也要當導演，拍電影！

嘀嘀嘀
如何寫作文
起點
怎麼當導演
系統提示，猴囝仔已偏航。
趕快修訂路線。
不對啊，導航出了什麼問題嗎？

當導演是個很好的夢想，但你現在還是要先把作文寫好。

為什麼？

因為「鏡頭語言」和「寫作方法」如出一轍。

對！不會寫作文的小孩不是好導演。

曹小孩被我們說得暈暈乎乎，但不管怎麼樣，今天的電影沒白看，他還學會了一些寫作方法：環境描寫＋側面描寫＋主觀描寫，組合起來全方位、多角度、遞進式來刻畫一個人，就會讓這個人物更有血有肉、有立體感了。

當然，曹小孩不一定能記住這些名詞，他只要會用在作文中就好了。

我的小妹妹今天參加鋼琴比賽，我們全家都來給她加油了。

妹妹第一次參加比賽，她一上臺，就被舞臺上的燈光嚇了一跳！這些燈好刺眼啊，臺下黑壓壓的全是人，連主持人播報的聲音都嗡嗡嗡的，像無數蜜蜂圍著她飛。

我看到妹妹的表情就像被凍住了一樣，走路也變得小心翼翼。她走到琴凳前，坐下，竟然忘記鞠躬了。

不行，我要為妹妹加油！於是我偷偷溜到舞臺側面，從布幕後面探出頭來，小聲說：「妹妹別怕，哥哥在這裡陪著你。不管第幾名，你都是最棒的。」

看到我之後，妹妹的臉上終於露出了笑容，認真地演奏起來。

比賽結束了，妹妹高興地跑下臺抱著我說：「謝謝哥哥，有哥哥真好。」

此處，我需要占用公共資源聲明一下，這是曹小孩虛構的一篇練筆習作。事件回顧是這樣的……

曹小孩上幼稚園的時候就想要一個弟弟或妹妹，但我和老曹沒有做好要第二個孩子的準備。直到現在，他都四年級了，也沒實現那個有弟弟、妹妹的願望。

所以，你今天看到的這篇文章都是曹小孩自己想像出來的。他還美其名曰，在為自己未來的電影積累素材。不管真的假的，只要肯動筆寫，就是好事。

負評，出貨太慢！

抱歉，您需要的商品已下架。

【作文難點〉一對一解答】

錯誤回答 長相不一樣就不一樣了。

正確回答 想要塑造出不同的人物，不光要有不同的外貌描寫，還要像演員一樣，把自己扮演成要寫的那個人，設身處地地站在他的角度去思考、去說話、去想問題。

同樣是遲到，內向膽小的同學可能站在門口，紅著臉、低著頭、搓著手，說話吞吞吐吐，聲音小得像蚊子，心中充滿了擔憂和各種猜想；調皮的孩子也許會做個鬼臉，說聲「下次不會了」，就提著書包跑到座位上了。所以，不同的人說話、做事方法都不一樣，抓住屬於每個人的特點，你筆下的人物才能個性分明。

好可怕！
外星人來了！
這不科學！
好酷呀！
這不會是老王家的臉盆吧？
當心，
大家都閃開！

第十六課

囉囉唆唆和一筆帶過

懂得取捨，輕鬆破解流水帳

抬槓小金剛

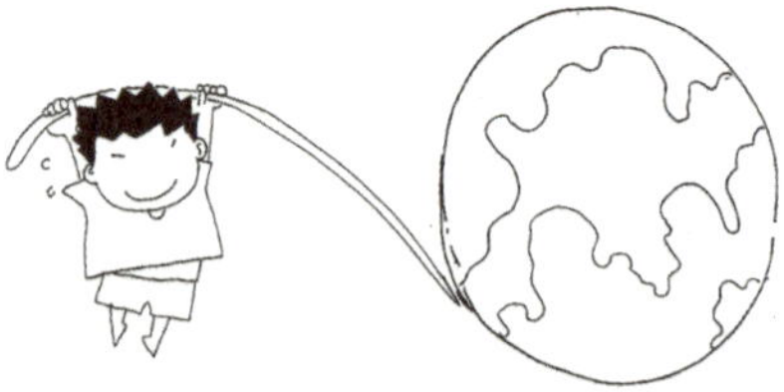

曹小孩到現在還是會偷懶不刷牙。為了這事，我沒少和他發火。我一吼他，他就會嘀嘀咕咕地說：「反正乳牙都會掉的，不用刷那麼認真！」

每天早晚各一吼，這也不是個辦法啊！於是，我靈光一閃給曹小孩提出了要求，如果他能保持一個月主動刷牙，月末就能得到Buffet自助餐的獎勵。曹小孩愛吃，所以這個提議非常有效。在接下來的一個月裡，他真的每天早晚主動刷牙，我再也不用「早一吼晚一吼，鄰居聽到都抖三抖」了。

隔壁
曹小孩！
刷牙去！
擠牙膏！
別光刷一邊！
寶貝，該起床了

小讀者見面會
小土豆作家
153 公分
小讀者
163 公分

要說我家門口的Buffet餐廳，真的非常親民。餐廳規定身高一百五十公分以內都算小孩，可以劃入半價的範疇。

這家餐廳的老闆一定是高大魁梧的北方漢子。

媽媽，您努力努力其實也可以半價吃飯。

一個月後，我們按照之前的約定，請曹小孩來到了Buffet餐廳。曹小孩非常喜歡吃Buffet，以至於剛進門沒多久，他就根據

懂得選擇和取捨，
才能吃到自己滿意
的食物。
嗝！我也想吃，
可是我好飽啊！

「飯有引力」定律，嗑掉了一個炸雞腿、兩個冰淇淋、三個肉包子、四根羊肉串以及五個奶油泡芙。亂七八糟吃了一肚子，他已經開始打飽嗝了。當他看到爸爸津津有味地品嘗牛排，吃著鋪滿葡萄乾、淋著金黃色蜂蜜的優酪乳；媽媽從「咕嘟咕嘟」冒著泡泡的咖哩小火鍋中夾出涮羊肉，品嘗著鮮嫩的鮭魚，他就只剩下眼饞的分了。

「爸爸、媽媽，為什麼我這麼快就飽了？」曹小孩鬱悶地說。我和老曹對視了一眼，今天我們本來沒打算給他進行「寫作指導」，可是他非要自己往裡鑽，那我們就不客氣了。於是，我們順其自然地把話題從吃自助餐引到了寫作文的選材和方法上。

吃自助餐好比寫作文，最怕眼大肚小。

也就是說，你一進來看哪個都好，每樣東西都吃，不僅撐得難受，還吃不出各自獨特的味道。

那怎麼吃？

要有重點、有選擇。

寫作文也一樣。

我邊吃美味的虎皮鳳爪邊說：「還記得原來我們說過寫生病的作文嗎？如果你把觀察到的生病症狀全寫下來，那會怎麼樣？」

我頭疼、發燒、流鼻涕，頭暈、噁心、喉嚨痛，渾身無力、打噴嚏，咳嗽、鼻塞、身子虛……
蒸羊羔、蒸熊掌、蒸鹿尾、燒花鴨、燒雛雞、燒子鵝……

什麼都寫，就容易什麼都寫不具體，變成囉囉唆唆的流水帳。

那怎麼辦呢？

我帶曹小孩在餐廳裡走了一圈，一邊幫他消食一邊說：「就像今天的這家Buffet餐廳，川菜、粵菜、魯菜、閩菜、湘菜，有一百多個品種的冷盤熱菜。食材新鮮，廚師手藝一流。我們總不能全吃一遍吧！」說著，我停在一個攤位前，夾了一小盤涼菜。

「媽媽的方法是，先選幾樣感興趣的菜，淺

這就是……冰鎮過海蜇皮的味道嗎？
嚼在嘴裡Q彈脆滑，微微泛著酸甜，
海蜇皮的海鮮味和芥末的辣味又互相
融合。這極致的味道在我口
中慢慢炸開，是多麼細緻
而高雅。讓人不禁想要
一口接一口……

嘗一下。我發現芥末海蜇皮非常好吃，那麼接下來就可以多盛一點，慢慢吃。」

寫作文也一樣，你確定的重點部分就要不惜筆墨多寫，這叫「詳寫」。沒那麼重要的、和主題關係不大的內容可以不寫，或者簡單地一筆帶過，那叫「略寫」。

這麼說來，寫作文和吃Buffet還真有點像啊！

那當然，我已經吃第五盤芥末海蜇皮了。

曹小孩被我忽悠地連忙夾了一大筷子芥末海蜇皮塞進嘴裡。看他流下了「感動」的淚水，我相信，曹小孩一定把「不讓作文變成『囉囉唆唆』流水帳」的方法記在心底了。

於是，我夾起一塊巧克力慕斯放進曹小孩的盤子裡，又補了一句：「定好中心事件和想要表達的重點，把它們展開詳細寫。其他的輔助內容就像甜品一樣，有零星點綴足矣。」曹小孩打了個飽嗝說：「確實只要零星點綴即可，我一點都吃不下了。」

幾天後，曹小孩的爺爺過六十六大

壽，我們全家開車趕往爺爺家。

今天的日記想寫什麼？

寫爺爺過生日。

可以啊，從你早上睡懶覺賴床寫起吧。

媽媽，這個好像沒必要寫吧？賴床和爺爺過生日沒什麼關係。

那出門前，媽媽給貓貓們放了充足的貓糧，需不需要寫？

也不用寫。刷牙、洗臉、穿襪子都不用寫。

這樣啊，有哪些事情和爺爺過生日有關係呢？

我們順路去拿了送給爺爺的生日蛋糕這件事，可以一筆帶過。

我很高興曹小孩能記住：尋找和文章主題有直接關係的事件詳細寫，關係不大的一筆帶過！兩小時後，我們終於到了爺爺家。這時親朋好友也到齊了，大人、孩子

VEX亞洲區比賽
機器人比賽那天，如果不是我沉著冷靜，在結束的最後一秒收回了機械臂，我們就得不了名次了！

歡聚一堂，說說笑笑，熱鬧非凡。

大人們張羅了一桌子好菜，生日宴開始後，孩子們還為爺爺準備了節目。他們有的唱歌、有的捶背，曹小孩的表演是吹牛。

吃蛋糕、說祝福語、全家做遊戲……我們度過了一個熱熱鬧鬧的家庭聚會日。曹小孩回家也寫下了這樣一篇日記。

今天是爺爺的六六大壽。我們全家都穿上漂亮的衣服，去爺爺家的路上還買了一個超級大蛋糕。

爺爺過生日，家裡可熱鬧了！姑姑、叔叔、弟弟、妹妹都來了。桌子上擺著美味佳餚，中間還有一個糯米做的大壽桃。

大家都坐好後，爸爸點上了生日蠟燭。爺爺戴著金色的生日帽，就像老國王一樣滿面紅光。他閉著眼睛許了一個願望。我猜，爺爺的願望是別再掉牙了，沒有牙齒就咬不動肉，那多可憐啊！

一起唱過生日歌後，本來我以為可以吃蛋糕了，結果翔耀弟弟又開始表演節目。他練了一套功夫，說可以保護爺爺。

妹妹唱了歌，我也給爺爺演示了我的遙控機器人怎麼投籃。

爺爺笑得鬍子一顫一顫的，我們一起大聲說：「祝爺爺壽比南山。」今天的生日宴真高興，我希望每年都能去給爺爺過生日。

如果不是當天晚上曹小孩又沒有刷牙就鑽被窩了，我真想好好表揚他一下。好吧，至少曹小孩知道了怎麼寫作文才不是流水帳。

你吃完巧克力蛋糕
竟然不刷牙？
我是故意留給蟲子吃的！
牠們吃飽了巧克力蛋糕，
就不咬我的牙了。

【作文雜點〉一對一解答】

寫作文可真是競爭，
字數真的愈多愈好嗎？

錯誤回答　必須「競爭」啊，寫不長就湊字數！

正確回答　首先我們要知道，好作文不一定字數多。湊字數寫出來的作文，就像混了沙子的大米，反而變差了。

「寫好」作文，不是單純「寫多」字數，作文寫得愈來愈長，就像一棵瘋狂成長的大樹，伸枝展葉，看起來異常茂盛。但如果想讓這棵樹更有型，就需要修枝剪葉了。

我們寫作文也一樣，有的作文看起來字數不少，裡面卻是些吹噓、浮誇的八股字詞，沒有具體內容；有的作文囉囉唆唆寫了很多，東一句西

一句，雜亂無章，這樣的作文也不行。作文都需要修改，修改時，你會發現有些語句刪掉後一點都不影響情節。有些段落甚至離題了，那麼不要心疼，直接刪掉。

直到把你的作文修剪得乾淨俐落、事例分明、主題突出，精品作文就出現了。

第十七課

手舞足蹈的「寒冷」

間接描寫，運用細節打造生動的文章

又到了年底，曹小孩的班裡開始準備一年一度的元旦聯歡會。除了唱歌、跳舞、爵士鼓，今年自然也少不了群體遊戲「你畫我猜」和「比手畫腳」環節。對於這個項目，曹小孩很不擅長。

今年為了不鬧笑話，曹小孩邀請我和老曹陪他一起提前練習。這可是件難得的陪練機會，「比手畫腳」這個遊戲可以順便融入一個寫作方法，那就是「間接描寫」。遊戲開始了，我做為比畫的一方，負責用肢體語言表達題板上的題目，曹小孩負責猜。

道具組的唯一成員——老曹站在曹小孩身後，認真地舉起了第一個牌子。牌子上面寫的是一個詞：偵探。於是，我開始表演。

不對，我只是躲在暗處觀察！

班主任？

不對，我在跟蹤觀察，是移動著的。

福爾摩斯？

差不多了，他是什麼職業？

偵探！

曹小孩終於猜出來了，雖然是拐了幾個彎才猜出來的，但他知道怎麼看動作和關鍵字提示了。

接下來輪到曹小孩表演，我來猜。

他換了好幾個題板，才找到一個自己有把握表演的詞語。只見他站得筆直，打了一個大噴嚏。

感冒？

不對，不對！

先猜成語後表演，提示如下：

？	？	而	？

接著曹小孩想了一下，忽然全身抖了一下。

發燒感冒全身冷？打噴嚏把自己嚇了一跳？

不對，不對，都不對，是寒冷啊！

曹小孩急得脫口而出，提詞員老曹忍不住哈哈大笑起來。

如果是我，我就表演抱著胳膊，渾身不停顫抖，往手上呼熱氣，或者跺腳這樣的動作。

那我肯定一下子就能猜出「寒冷」這個詞。

哇！老爸演得真像。

這沒什麼難度。只要抓住這個詞的幾個特點就好了。

特點？

我趁機開始了今天的融入式作文方法講座。「寫作文其實也一樣，有了這樣的細節描寫，別人一看就知道，作者想要表達的是怎樣的一種狀態。這比直接用一些華麗的詞更具體。」曾經有位作家說過：「高級的文章並不需要華麗辭藻的堆砌、疊加，那些繞來繞去不好好說話的語句，都是故弄玄虛。」

我們的作文可以寫得看起來樸實無華，但是卻生動形象。

怎麼才能生動形象？

寫出主人公眼中看到的事物，他的言行舉止，所思所想。

也就是說，什麼人說什麼話，用細緻的間接描寫來代替乾巴巴的詞語。

就像剛才那個寒冷。

沒錯，想描寫寒冷，甚至可以只寫狀態，不寫「寒冷」兩個字。

為了讓曹小孩更好理解，我在電腦上打出了一段話。

一出門，大壯立刻感覺到涼風鑽進了脖子。他渾身一哆嗦，連忙把外套的拉鍊拉到了最高，帽子又向下壓了壓！就這樣他縮著脖子，加快腳步，一路小跑著朝車站趕去。

「太厲害了！真的沒有用寒冷這個詞！」曹小孩激動得直拍手。

那我要是寫秋天呢，也可以不寫「秋天」兩個字嗎？

那當然。

我又敲下了這樣一行字……

天空是一望無際的藍，在這湛藍的天空下，小麥像金色的波浪一樣，被風兒吹著一波一波地滾動著。不遠處的果園裡又紅又大的蘋果掛在枝頭，那些歪著嘴巴大笑的桃子好像在對我們說：「快來和我們分享這豐收的喜悅吧！」

曹小孩非常聰明，他今天的日記就用到了間接描寫。

上週末，我和爸爸一起體驗了密室逃脫的遊戲。

一走進裡面，光線忽然變得非常昏暗，我聽到四周傳來可怕的風聲和「嗚嗚嗚」的鬼哭聲。我緊緊抓住爸爸的胳膊，和爸爸寸步不離。

走進第一間房間時，裡面忽然又變得特別安靜。這裡有一個密碼鎖和提示卡片。我和爸爸一起動腦筋猜起了密碼。

忽然，安靜的房間出現了腳步聲，卻看不見人，我感覺自己的頭髮都豎了起來，頭上冒出了冷汗。

接著，周圍忽然發出了嘩啦嘩啦的巨響，牆壁也瘋狂地搖晃起來！我大喊了一聲：「救命呀！」緊緊抱住爸爸，不敢睜眼了。終於，爸爸解開了密碼，我們走出了密室的第一個房間。

還好，後面的闖關我就漸漸適應了，最後我們成功地走出了密室。

密室逃脫遊戲也太有意思了，我下回還要來挑戰自己！

看過曹小孩今天的日記，我拍著手說：「觀察得真到位！間接描寫都學會了，還怕什麼遊戲啊！」

老曹也說：「對！兒子，你要有信心，要勇於挑戰自己！不逃避！」

一切準備就緒，就等著曹小孩在今年的「比手畫腳」中大顯身手了。沒想到元旦的前一週，曹小孩竟然帶回了一個「可怕」的消息。

什麼？邀請家長參加元旦聯歡會？

以家庭的形式表演節目？

可是我和老曹除了寫作文，別的什麼都不會啊。

我們是不是該找個藉口開溜呢？

我們先出個差，
五百年後見！
說好的不逃避呢？

【作文難點】一對一解答

錯誤回答　那就盡量不寫，省得寫錯了。

正確回答　借助看得見的景物、事物對看不見或摸不著的東西進行側面描寫。

比如說風，你只要寫搖擺的樹枝、皺起眉頭的水波紋、搖搖晃晃的風箏、飄動的旗幟……這樣，風自然就寫出來了。

音樂也看不見、摸不著，但是透過描寫聽到音樂翩翩起舞的人們，音樂家演奏時陶醉的狀態，就可以從側面來表達出音樂的優美。

還有各種看不見的味道，緊張、高興、害怕、委屈等心情，也可以借助有形的人、物、景表現出來。

第十八課

認真講完一個故事

完整作文，認準總分總結構

曹小孩進入了第一個叛逆期。其症狀表現為：別人說什麼話題，他都要跳出來參與，用一知半解的知識來證明自己很厲害。

第二個表現是：你說東，他做西，故意唱反調，偏要和別人不一樣。

就拿今天的作業來說，老師讓他們寫一篇「和媽媽一起做飯」的作文。曹小孩寫了自己今天要和媽媽一起做可樂雞翅，要準備多少雞翅、多少可樂，怎麼在媽媽的指導下倒油、翻炒，再用小火慢慢燉。

看到這裡我都覺得很好，條理清晰，動作描寫、心理描寫、語言描寫齊全。可樂雞翅的顏色、香味也寫出來了。我繼續往下讀。沒想到他的作文就像遭遇了聖嬰現象似的，忽然急轉直下，用一句話收尾了。

我吃完可樂雞翅和鄰居大寶一起玩起了三國殺。我贏了三局！今天真開心！

曹小孩，你這個結尾寫得跑題了吧？最後應該是「和媽媽一起做菜」的感受啊，這叫總分總結構。

我們語文課好像學過。

總：總體說一下這件事的起因；分：圍繞這件事，分不同事件、角度進一步描述事件的過程；總：總結一下這件事的結果和感受。

每個人都用「總分總」多沒意思。我覺得我這個結尾也很好。我贏了！充滿了鬥志！

語文課其實學了不少寫作方法，可是他們寫作文的時候還是一個也用不上。曹小孩也是如此。再加上他正處於令人抓狂的叛逆期，最喜歡做的事就是頂嘴和大人唱反調，所以我不能生氣。

見我看著他的作文本好半天沒說話，曹小孩有點心虛。

媽媽，您要給我講作文嗎？

沒有啊，我要給你講故事！我準備寫這樣一個童話，你幫我參謀參謀。

靜心咒
親生的、親生的，遺傳基因都是老公的～靜心咒

故事大概是這樣的：

一個小美人魚從大海中游到了沙灘上，和曹小孩一起堆沙堡，他們成了朋友。小美人魚從曹小孩那裡得知，有個名為學校的地方，有更多小朋友。於是，她來到了學校，認識了更多朋友。同學們都很喜歡這個眼睛圓溜溜的美人魚同學。

可是時間一久，小美人魚覺得身上又乾又癢。同學、老師為了幫助她，想了各式各樣的辦法！有的帶來了噴壺，有的送給她保溼霜。

第一個問題解決了，第二個問題又來了。小美人魚在陸地上每走一遍，魚尾變成的腳都鑽心地疼。同學們和美人魚有了很深的感情，他們不想讓美人魚離開學校。於是，曹小孩找到了最厲

我把我媽媽的保溼面膜都拿來了。

害的鞋子博士，請他為美人魚製作一雙合適的鞋。鞋子博士在電腦前沒日沒夜地設計，就在鞋子的圖紙馬上要確定的關鍵時刻，博士的電腦忽然壞掉了。

看著美人魚和同學們期待的眼神，鞋子博士說：「別著急，我還有手機。」於是他拿出手機，發出了這樣一段話……

然後呢？

沒了，這個故事結束了。

這個問題非常重要，我要買臺新電腦，請問什麼牌子的電腦外殼最漂亮？急，線上等。
♥三腳小貓 ♥曹操 ♥オオ
♥段姐姐 ♥七月品茗 ♥田田
♥洋洋

這就結束了？美人魚同學呢？

我也不知道，因為我和你的想法一樣，不喜歡總分總結構。

剛才聽故事入迷的曹小孩，終於發現我話裡有話了。

「媽媽，您說的總分總結構也不一定就是最好的啊！」他不甘心地說。

「對任何事情抱有『懷疑』態度非常好。」我先表揚了他，接著澄清道，「但有一點你說的不太正確。」

「總分總」不是媽媽或某個人說的，它是一代代前人透過實踐總結出來的經驗。

那一代代人都用「總分總」，作文不就變得千篇一律了嗎？

你又理解錯了，「總分總」是一種方法，就像你用筷子吃飯也是一種方法一樣。用筷子的人千千萬，但吃進嘴裡的食物，品嘗出的味道可都不一樣。

我告訴他，在小學生寫作的初級階段，根據前人總結出來的寫作方法進行練習，可以更有效地打好寫作基礎。「有些事情，我們需要不斷探索，永遠抱有『懷疑』的心！」我認真地說，「同時也有一部分大家公認的事情，我們大可不必花太多時間去重新嘗試，你覺得呢？」

好像有道理。所以這個「總分總」是過去的人總結出來的寫作方法？

對呀，有這麼一個古老的故事。

總：一個和尚要去西天取經。分：他沿途收了三個本領高強的徒弟，他們為取真經不怕艱辛，歷經千辛萬苦，九九八十一難。總：和尚和徒弟們終於取得真經，實現了夢想！

太簡單了，是《西遊記》！您這麼一說，它還真是「總分總」啊！

所以說，「總分總」是一種創作形式，它並不會讓你的文章變得死板八股。你不用抗拒，可以放心使用。

現在我明白了，吳承恩都能用「總分總」寫出一部「暢銷書」！

我很開心曹小孩不和我抬槓了，他也終於明白「總分總」的寫作方式該怎麼運用了。但是，他還有一個困惑。

媽媽，可是我每次寫到最後，就不會寫結尾的那個「總」了，怎麼辦？

有媽媽在啊！我有個小絕招，那就是：寫一篇作文的時候，可以先想好結尾。

先想好結尾？

沒錯。比如說你和媽媽一起做飯的結尾，當你吃到可樂雞翅時，是什麼感受？

我感覺自己親手做出來的菜吃起來格外香。以後，我還想經常和媽媽一起做飯。

很好！把這個結尾先定下來，再去寫開頭和中間的過程，怎麼寫都不會跑題了。

我們剛討論完這些，曹小孩的朋友就來找他玩了。於是，他今天的日記就寫了和小朋友一起下棋的事情。

我和媽媽說，我是常勝將軍，每次和鄰居大寶一起下軍棋都是我贏。

媽媽說：「你可不要驕傲。」

驕傲怕什麼？我本來就厲害。今天寫完作業，大寶又來和我一起下軍棋了。我先贏了第一局，大寶的將領被我殺了個片甲不留。

「我厲害吧！」我得意地說。

「三局兩勝！」大寶不服氣。

第二局，大寶竟然在我正得意的時候吃掉了我的三個小兵，毀滅了我的所有炸彈，而他的軍棋又被圍在了三顆地雷中間。我沒辦法掃除地雷，就不能拔軍棋。這一局平手。

「沒事，憑我的實力第三局贏你不在話下。」我說。

排兵布陣後，我著急取勝，把軍長擺在了第一位衝了出去。本以為可以先給他個下馬威，吃掉他的一串小兵。沒料到大寶所想的和我一樣，竟然迎面放了一個司令，一口就吃掉了我的軍長！

> 天哪！這讓我接下來的大戰愈來愈著急，愈著急就愈出錯，最後輸掉了。
>
> 今天我們的軍棋大戰一人贏了一盤，平手！我不再是常勝將軍了。看來，驕傲果然是個壞毛病，以後我再也不驕傲了。

得知曹小孩輸棋了，我很高興。不不不，我是說他能把輸棋這件事寫得很完整，又用到了今天學習的「總分總」方法，我很高興。

【作文難點】一對一解答

錯誤回答　多看幾篇小學生優秀作文。

正確回答　如果怕寫不完整，那就先來畫一張思維導圖吧。我們拿「遊覽動物園」舉例子。

所有作文都一樣，把要寫的內容用思維導圖的形式先全面地列出框架，這樣能確保結構完整。至於具體哪部分詳寫，哪部分略寫，可以在寫的時候隨時調整。

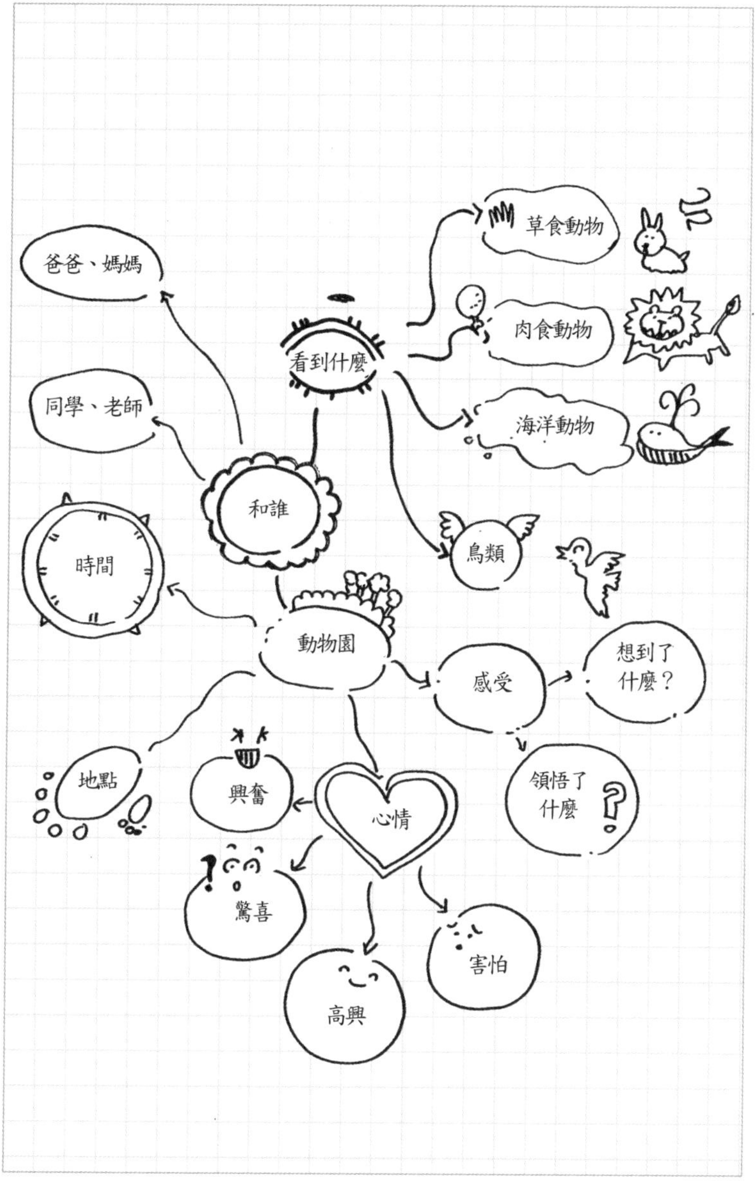
草食動物
爸爸、媽媽
肉食動物
看到什麼
同學、老師
海洋動物
和誰
鳥類
時間
動物園
感受
想到了
什麼？
地點
興奮
心情
領悟了
什麼
驚喜
害怕
高興

第十九課

說話、寫作都要講究方法

換位思考，讓作文耳目一新

過年的時候，我買了一盆金桔盆栽，土生土長的北方少年曹小孩問我，買它做什麼？我說：「金桔，代表著大吉大利。」曹小孩想都不想地說：「那如果它被您養死了，我們家今年就不吉利了？」

還有一次，我們和親戚家一起去飯店吃飯。大家都吃飽喝足準備散場時，曹小孩的表弟又喝起了酸菜魚裡的酸湯，嘴裡還嘀咕著：「別浪費了。」曹小孩等得不耐煩了，又隨口說道：「說句不好聽的話，你就像沒吃過飯似的。」頓時，雙方親友臉色齊刷刷地變成了火龍果色，在尷尬中結束了這次聚會。回家後我埋怨曹小孩不會說話，他卻不服氣地說：「說話還有什麼會不會的，張嘴就說了。」

說話也是要講究技巧的。

說話還要技巧？多累啊，我的說話方式就是這樣的。

就因為你懶得跳出自己說話方式的舒適圈，所以有些話說出來會無意中傷害到別人。

有那麼嚴重嗎？媽媽，那該怎麼說話呢？

比如別人給你一瓶飲料，你說「不要，我不愛喝」，人家就會有點失落。但如果你說「謝謝，我現在不渴」，這樣的話是不是溫和一些？

還真是！同樣是拒絕，聽起來就很舒服。

沒錯，寫作文和說話一樣，用同樣的詞語進行不同的組合，表達的內容可能截然不同。

接下來我和曹小孩順其自然地玩起了既能鍛鍊口才，又能活躍思維的遊戲：連詞成句。

這個遊戲的道具很簡單，就是三張寫著不同詞語的小紙條。我平時去學校給孩子們講寫作課，經常用到。規則就是：用三個詞隨意組合，連成一段話。

「簡單！百靈鳥在森林中為魔術師歌唱。」曹小孩自信地搶答。

簡單？開玩笑！此時，我抓住曹小孩「不喜歡和別人一樣」的心理，說道：「速度很快，但大多數孩子看到這三個詞，最先想到的就是這樣的一句話，這就是思維的舒適圈！」

聽我這麼說，曹小孩不服氣地跳了起來：「我才不要在圈裡，

我要重新說一次。」

「可以。」我給了他一點提示，「你可以把這三個詞的順序重新排列一下，這叫打破慣性思維。」

那我把「森林」和「百靈鳥」換個位置：森林中住著百靈鳥和魔術師。

我把「魔術師」放在前面，魔術師在百靈鳥森林裡迷了路。

我們把三張紙條變換位置擺來擺去，說出的語句也愈來愈精采。

「魔術師變出一座森林，送給了百靈鳥。」「一位叫百靈鳥的女魔術師變出了一座森林。」還是那三個簡單詞，但是換了一種思維方式，連成的一句話就變得與眾不同了。

我告訴曹小孩，同樣的道理，當你看到一個常見的作文題目，比如「我的好朋友」，最不費腦子的固定思維就是：我的朋友長什麼樣子，他有什麼特點，我和他在一起做了什麼事情，我們特別開心。

想讓作文耳目一新，可以換個角度來想故事。

那我開頭就寫，我和好朋友鬧彆扭，他不理我了。然後我想出各式各樣的方法和他和好，最後我們還是好朋友。

真棒！這樣更能表現出你們珍惜彼此，友誼深厚。

見曹小孩在興頭上，我提議把今天「連詞成句」的遊戲寫成小童話。

所以，他今天的日記就是把「百靈鳥、森林、魔術師」重新排列組合後的故事。

最佳損友

打得愈歡，
證明關係愈好。

二〇三八年的現代城，那時候地球上都是金屬高樓、金屬地面，已經沒有森林、草原這些自然植物了。

一天，一位本領高強的女魔術師把自己從一百多年前變到了未來。看到現代城的樣子，她覺得很難過。

她唱起了歌，那聲音就像百靈鳥一樣動聽，大家都叫她百靈鳥魔術師。現代城的人只聽過百靈鳥的聲音，從來沒有見過真正的百靈鳥。

百靈鳥魔術師覺得他們太可憐了，不停地唱著歌，用歌聲變出了一片懸浮在空中的百靈鳥森林。這個森林中不僅有茂盛的植物，還有各式各樣的鳥類。

生活在二〇三八年的人們終於體會到了大自然的美好，他們用心地照顧著森林和鳥兒，百靈鳥魔術師也放心地返回了一百多年前。

二〇三八年的現代城，終於不是只有金屬高樓了，他們的半空中還懸浮著一座百靈鳥森林。

寫作技巧掌握得非常好。現在，你明白說話技巧的重要性了嗎？

明白了，別太直接，換個方法說話。

結果第二天放學，曹小孩在校門口拉住同學的媽媽說：「阿姨，小明是我的好朋友，我特別擔心他。您帶他去看看心理醫生吧，他動不動就哭。」

沒想到小明媽媽很感激，說曹小孩如果不告訴她，她都不知道這些情況。還說自己回家要好好和小明談談心，再和老師電話交流一下。所以有時候我也弄不清楚，耿直到底是好，還是不好呢？

耿直=沒朋友
擔心

【作文雜點〉一對一解答】

錯誤回答 那就寫昨天的事，昨天的事肯定記憶猶新。

正確回答 如果一下子想不出寫什麼事，那我告訴你一個小竅門，你就寫「第一次」！

我們通常第一次做某件事時，會留下很深的印象。就像我小時候第一次在報紙上發表文章，就開心地拿著報紙找鄰居吹牛。還把那張發表了我文章的報紙帶到學校去，和同學、老師炫耀。那年我上小學三年級，我還清楚地記得，那篇作文讓我得到了五元稿費，這是我第一次賺到錢。

所以，當你寫一件記憶猶新的事時，各種「第一次」是最好的選題。

第一次吃奶油蛋糕
第一次表演節目
第一次摘草莓
第一次炒雞蛋
第一次騎腳踏車
第一次買氣球

第二十課

專治八股作文的「虛情假意」

用真情實感，寫出共情的文章

有一次，他們科學課製作了紙板模型飛機，一擰飛機屁股後面的螺旋槳，橡皮筋就能帶動飛機起飛。曹小孩說，他的同學因為沒做好哭了半天，要求他媽媽買了一套新模具重新做，直到做得非常完美。

看著孩子們在社區空地上玩紙板飛機，我問曹小孩：「你的飛機呢？」

心可真大啊！

他說：「我做的太醜，扔了！」

有一天，曹小孩放學後的情緒很低落，眼圈紅紅的。

直到我看到他的作文被批了個C後，就大概明白他怎麼了。

午飯沒吃飽？

一定是作文沒寫好，被老師批評了！

不是。

那天課堂習作是這樣的要求：找出你身邊一個熟悉的人，寫一件讓你感動的、發生在你們之間的事，要寫出真情實感。

曹小孩寫的是，自己有個好朋友叫大軒。他們經常一起玩、一起吃飯、一起跳繩、一起上課外班。有一次書法課，大軒把墨水借給曹小孩用，他感動得熱淚盈眶。

我們是四大天王組合！

你大概沒有寫出真情實感。

寫一個「感動」就是真情流露嗎？
不生氣 不生氣 我心中有天地

（孩子）我寫了「熱淚盈眶」、「好感動」啊！

輔導小孩子作文不能著急，畢竟乾坤未定，你我皆是黑馬。

（媽媽）首先，「熱淚盈眶」這個成語用得很好。其次，借墨水這件事，真的感動到你熱淚盈眶嗎？

（孩子）其實也沒有，我也經常借給大軒量角器、橡皮、跳繩和彩筆。

有什麼事情，你
一想起來就想哭？
打針

所以故弄玄虛、誇大其詞的情感看起來就很不真實，要選一件真的讓你感動的事情，才能寫出真情實感。

「什麼才是感動的事呢？」曹小孩撓著頭，陷入了沉思。我決定用一個簡單直接的小問題，幫他從生活的點滴中，篩選出可以用到的素材。

是一想起來，就感動得想哭。

那就是今天發生的事。

曹小孩再說話的時候，聲音竟然有些哽咽了。「媽媽，告訴你一個祕密，我們鄭老師今天說她肚子裡有寶寶了，已經五個月了。」曹小孩說著，眼圈漸漸泛紅，「可是為了不讓我們期中考試分心，鄭老師今天才告訴我們，我們昨天還笑她胖了呢！」

這才是你今天情緒不好的原因？

是的，一想起這件事，我就想哭。

我理解你的感受，這種情感中摻雜著驚喜，還有些許自責和懊悔。

虛情！假意！

生活中，其實根本不缺少讓我們感動的事情，只是在寫作文的時候，我們一時半會兒沒有想出來用哪一件而已。

記得有一次，我擔任一個小學生作文大賽的評委，那次比賽的題目很常見，就叫「我的夢想」。說實話，在一篇篇語言優美、辭藻華麗、開頭結尾完美呼應的作文中，我其實是看不到什麼真實情感的。

這些作文中，一個小女孩的文章吸引了我，她作文的大概意思是這樣的。

剛和爸爸、媽媽來到城市的時候，小女孩非常膽小，因為自己都不認識周圍的人。但是很快，她就有了知心朋友。從一年級

> 媽媽是被獎杯砸到脚了嗎?

到五年級,這個小女孩的朋友愈來愈多,她和同學、鄰居的關係特別好。

作文中段,她寫了很多讓自己記憶猶新的事情。我本以為這篇文章寫「跑題」了,沒想到最後一段她寫的是……

因為沒有本地戶口,以後我不能在這裡參加升學考試,所以,下學期我要轉回老家去讀書。知道這個消息的時候我特別難過,我不想離開我的學校、我的同學,我多麼希望跟他們一起上完小學,一起上國中、高中,一起考大學!

這就是我的夢想!也許不僅是我的夢想,也是許許多多像我一樣外地孩子的夢想。

當看到文章結尾的時候，我忽然感慨萬分。這篇作文雖然沒有寫出什麼偉大的夢想，但是，這位小作者字裡行間流露出的不捨和真情，卻深深打動了我。

人類的情感是共通的，表面看起來你寫出的是只屬於自己的故事，其實這種真情實感已經和其他人產生了共情。

我明白了，寫出真情實感，不要虛情假意。

那天曹小孩看來是真明白了，他的創作齒輪開啟得相當厲害！

春天在奶奶的雞毛撢子裡

今天我們學了一首歌——「春天在哪裡」。春天在哪裡？

春天在融化的冰雪裡，春天在小燕子的歌聲裡……但我覺得，我的春天在奶奶的雞毛撢子裡。

每到冬天，爺爺、奶奶就會從農村來到我們家一起過冬，所以寒假的兩個月我特別開心。爺爺會做好吃的疙瘩湯，奶奶也願意陪我一起下圍棋。

但是時間過得好快啊！春天總是悄無聲息地到來。

每到春天，奶奶就會把我們全家的被子都拿到院子裡，掛在繩子上，用雞毛撢子啪啪啪地拍打。奶奶說這樣打鬆棉花，它就可以吸很多太陽光，蓋起來更暖和了。

啪啪啪！我眼中的春天就在奶奶的雞毛撢子裡。

春天一過，爺爺和奶奶又要回農村去種田了。我好捨不得他們啊！真希望有一天他們能和我們住在一起。

看完這篇作文，我問老曹有什麼感想？他的想法跟我的一樣。

【作文難點〉一對一解答】

錯誤回答

什麼八不八股，這是我媽媽教的，準沒錯！

正確回答

小孩子的作文容易變得八股。媽媽永遠長著一張櫻桃小口，也許自己媽媽的嘴巴很大，但是他寫出來還是：我媽媽有一雙大大的眼睛、一張櫻桃小口。

寫敬老尊賢，永遠是扶老奶奶過馬路；寫母親節，永遠是給媽媽洗腳。孩子們真的這麼做了嗎？不一定，這只是一個範本文章。因為作文書裡就是這麼寫的，大家不用動腦子，順手就能寫出來。但是，這樣的範本作文久而久之會害了孩子，讓他們覺得寫作文很無聊。

為了不寫老生常談的範本作文，我們要觀察身邊的生活，尋找更真實的故事，用更貼近你我的語句，寫出最真摯的感受！這樣，我們才會發現寫作文的樂趣，才有寫出好作文的原動力！

傳家寶

LEARN 系列 082

作家媽媽20堂漫畫寫作課

作者—段立欣

著名兒童文學作家、動畫片編劇。自幼喜好文學，九歲開始發表文章，十七歲出版第一本童話《種太陽》。著有《喵卷卷來了》、《少年航天局》等數十部童話書，並參與創作《新大頭兒子小頭爸爸》、《阿狸》等動畫片。

作品曾獲冰心新人新作獎、「五個一工程」獎、中國新聞獎、桂冠童書獎、中國國際動漫節金猴獎等，入選國家新聞出版廣電總局的青少年推薦優秀出版物。

時報文化出版公司成立於一九七五年，並於一九九九年股票上櫃公開發行，於二〇〇八年脫離中時集團非屬旺中，以「尊重智慧與創意的文化事業」為信念。

副總編輯—邱憶伶
封面設計—FE設計葉馥儀
內頁設計—林樂娟
插畫繪製—趙紅陽、黃玉梅

董事長—趙政岷
出版者—時報文化出版企業股份有限公司
一〇八〇一九臺北市和平西路三段二四〇號三樓
發行專線—（〇二）二三〇六六八四二
讀者服務專線—〇八〇〇二三一七〇五
　　　　　　　（〇二）二三〇四七一〇三
讀者服務傳真—（〇二）二三〇四六八五八
郵撥—一九三四四七二四 時報文化出版公司
信箱—一〇八九九 臺北華江橋郵局第九九信箱
時報悅讀網—http://www.readingtimes.com.tw
電子郵件信箱—newstudy@readingtimes.com.tw
法律顧問—理律法律事務所 陳長文律師、李念祖律師
印　刷—勁達印刷有限公司
初版一刷—二〇二五年五月二十九日
定　價—新臺幣四五〇元
（若有缺頁或破損，請寄回更換）

本作品中文繁體版通過成都天鳶文化傳播有限公司代理，經中國婦女出版社有限公司授予時報文化出版企業股份有限公司獨家出版發行，非經書面同意，不得以任何形式，任意重製轉載。

作家媽媽20堂漫畫寫作課／段立欣著.
-- 初版. -- 臺北市：時報文化出版企業股份有限公司, 2025.05
304 面；14.8×21 公分. --（LEARN 系列；82）
ISBN 978-626-419-492-1（平裝）

1.CST：漢語 2.CST：作文 3.CST：寫作法
802.7　　　　　　　114005779

ISBN 978-626-419-492-1
Printed in Taiwan